로크미디어가
유혹하는
재미있는 세상

ROK
MEDIA
로크미디어

환생한 대마법사의 정주행 14 완결

2021년 12월 2일 초판 1쇄 인쇄
2021년 12월 7일 초판 1쇄 발행

지은이 서상현
발행인 김정수 강준규

기획 이기헌 왕소현 박경무 강민구
책임편집 이정규
마케팅지원 배진경 임혜솔 송지유 이영선

발행처 (주)로크미디어
출판등록 2003년 3월 24일
주소 서울시 마포구 성암로 330 DMC첨단산업센터 318호
Tel (02)3273-5135 **편집** 070-7863-8597 **Fax** (02)3273-5134
홈페이지 rokmedia.com **E-mail** rokmedia@empas.com

ⓒ 서상현, 2020

값 8,000원

ISBN 979-11-354-6764-6 (14권)
ISBN 979-11-354-9260-0 04810 (세트)

contents

아스파나다

플레우드 정령이 있기에 난 마법도 사용할 수 없는 상태.

당연, 플레우드 마검은 고사하고 원소 마법 자체를 사용할 수 없었다.

그런 무방비의 상태에서 갑자기 정령이 내 이마를 뭉개듯이 잡으니, 경계가 될 수밖에 없었다.

정령은 내 머리에서 무언가를 뽑아냈다.

이는 물리적인 행위가 아닌 마법적인 행위였으나, 정체는 나도 모른다.

정령이 저 행위를 하는 과정에서 난 어떠한 통증도 느끼지 않았다.

"그냥 가만히 있으라고 그랬잖아. 아무것도 아닌데 뭘 그리 경계하고 그래?"

정령이 내 머리에서 뽑아낸 것은 수증기를 동그랗게 뭉친 것 같은 의문의 물체였다.

내 머리에서 작은 구름을 꺼냈다고 보는 게 맞는 것 같았다.

"궁금하지, 이게 뭔지?"

난 고개를 끄덕이지도 않은 상태에서 그저 내 머릿속에서 나온 의문의 물체만 쳐다봤다.

칼리토는 그런 내 반응을 신경 쓰지 않고 설명을 이었다.

"간단해. 링킹을 물체화한 거지."

"링……킹?"

내가 아는 링킹과 다르다.

게다가 내가 사용할 수 있는 링킹은, 저렇게 물체화하는 게 아니다.

내 플레우드 마법이 상대에게 연결되어 있을 때에만 상대의 기억을 뒤질 수 있기에 정령이 뽑아낸 것처럼 눈에 보일 수 없었다.

확실히, 나와는 격이 다른 마법사임을 느꼈다.

"그런데 왜 그걸 뽑아낸 거지……?"

"뭐긴, 정령 마법. 궁금하잖아, 너도?"

"……."

칼리토는 멋대로 내 링킹을 재생시켰다.

물체로 나온 링킹은 신기하게도, 칼리토의 뒤에 있는 제단 위의 책처럼 영상을 내게 보여 줬다.

그가 재생한 지점은 바로 사일러드와의 마지막 전투, 그때였다.

사일러드의 정령 마법을 보고 내 마검에서 불, 바람, 어둠 원소만 톡 나와서 나를 공격하려고 하는 순간이었다.

─정령은…… 원소의 수호신 같은 개념인 것 같다.

당시 내가 한 생각이 고스란히 영상물로 재생되었다.

난 살면서 남의 기억을 보기 위해서만 링킹을 구현했지, 이렇게 내 기억을 직접 내가 보는 링킹은 처음이다.

칼리토는 그 부분에서 멈추며 손뼉을 쳤다.

"아주 잘했어! 난 저 순간을 보고 얼마나 기뻤는지 모른다니까?"

그는 정말 진심으로 기뻐한 말투다.

하지만 나에겐 그저 모든 게 수상한 일일 뿐이다.

나라는 본연의 존재가 본래 칼리토가 소환 마법으로 만든 것이라고 하더라도, 왜 저렇게 기뻐하는지 공감할 수 없었기 때문이다.

"기쁘다니?"

"너는 너무 불안했잖아? 타일런트한테도 뒤통수 맞아서

죽은 것만 봐도 넌 상당히 어설픈 녀석이었지. 내가 공을 많이 들였는데도 불구하고 그런 실수를 해 버렸으니까."

이젠 진심으로 안타까움에서 나온 훈계의 목소리다.

"이걸 보기 전까지, 널 보면 물가에 내놓은 어린 자식을 보는 느낌이었지. 그런데 딱 이 순간을 보고 난 조금은 더 믿어 보기로 했어. 넌 정령 마법을 처음 봤는데도 정확히 예측했으니까."

"그 말은……?"

"그래, 정령 마법. 원소의 수호신이 맞다. 정령과의 교감과 유대감이 깊어질수록 네가 사용하는 모든 마법은 더욱 강한 힘을 발휘하지. 보주화에 생명체가 결합한 거라고 보면 된다."

사일러드와 싸우면서도 난해했던 그 부분들을 칼리토가 친절하게도 설명해 줬다.

그러나 이제야 이런 설명을 한들, 뭐가 달라질까?

어차피 사일러드는 내가 새롭게 만든 세상, 무지개 세상에 봉인되었기에 더 이상 재기를 꿈꿀 수 없는 상황이다.

그런데 그 순간 칼리토는 미세하게 입꼬리를 올렸다.

무언가 내가 잘못 알고 있다는 듯이.

그 거만한 입꼬리가 내내 신경 쓰였다.

'나와 링킹이 연결된 상태……. 따라서 내 생각 전부를 읽을 수 있는 상태인데, 방금 내가 한 생각이 뭐가 잘못된

건가?'

또 그 생각을 삼켰을 때다.

소리는 들리지 않았지만, 칼리토는 분명하게 헛웃음을 쳤다.

그는 물체화한 내 링킹을 중단했다.

"사일러드에 관해 궁금한 건 이 정도면 됐을 것 같고. 이제 나에 대해서가 궁금하지?"

그렇다.

칼리토가 왜 나를 만들었으며, 경합은 또 무슨 이야기인지.

알아야 할 것들이 너무 많았다.

"아스파나다."

그런데 칼리토는 내가 모르는 말을 중얼거렸다.

"……아스파나다?"

"우리가 있는 이 세계의 이름이지. 뜻은 없어. 그냥 그렇게 부르는 거니까. 내가 지은 것도 아니라서 뭔 뜻인지도 어차피 몰라."

나도 모르게 주위를 살폈다.

이곳에 있는 거라곤 거대한 책장과 금색의 의자, 그리고 칼리토, 플레우드 정령 달랑 한 마리.

칼리토는 분명히 '우리'라고 했다.

그러나 이 장소만 보자면, '우리'라고 칭할 수 있는 공동체는 없었다.

"그래, 궁금하지? 그거 가져와."

칼리토는 정령에게 명령했다.

그러자 정령은 책장에서 한 권의 책을 꺼내 공중에 펼쳤
다.

책은 마법 학교의 칠판처럼 거대하게 변하더니 무언가를
내게 보여 줬다.

형태가 상당히 특이한 그림 같은 것이다.

전부 동그라미로 이루어져 있었는데, 가운데의 다른 동그
라미보다 조금 더 큰 동그라미를 중심으로 그 주위를 여덟
개의 동그라미들이 둘러싸고 있는 형태였다.

둘러싸고 있는 동그라미들도 서로 가깝지 않다.

어느 것은 중앙의 동그라미와 밀착됐을 정도로 가깝고, 또
어느 것은 같이 있다고 보기도 애매할 정도로 멀다.

"이게 바로 아스파나다의 정체. 이 세계의 생김새라고 보
면 돼."

거기까지 들어도 이해할 수 없었다.

칼리토가 정령에게 눈짓하자, 정령은 어느 한 부분을 짚었
다.

중앙의 동그라미로부터 그리 멀리 떨어져 있지 않은, 떨어
진 거리가 평균적으로 중간쯤 되어 보이는 동그라미다.

"여기가 내가 사는 곳. 이쯤 되면 눈치채야 하지 않아, 내

가 공들여 만든 녀석이라면?"

칼리토는 이번엔 자신 혼자를 지칭하는 '내가'라고 말했다.

'우리'라고 말할 땐 아스파나다라고 말해 놓고, 도리어 지금은 별도의 명칭 없이 혼자만 산다는 듯이 말하는 칼리토.

한 가지 생각이 스쳤다.

"이 동그라미 전체를 아스파나다라고 부르고…… 저 동그라미마다 너와 같은 각자의 주인이 있다는 거냐?"

"그렇지!"

손가락을 까딱이며 기뻐하는 목소리가 다시 나왔다.

"네가 살던 세상도 밑의 세계와 위의 세계, 이렇게 두 가지로 분리되어 있었지? 그런 개념이라고 생각하면 돼. 이 중앙에 있는 세계가 아스파나다의 주인이 사는 세계지. 그리고 거리가 가까울수록, 아스파나다의 주인이 될 가능성이 높은 사람이라고 보면 되고."

그런데 칼리토는 자신이 사는 세상이라고, 가까운 동그라미를 가리키지 않았다.

중간에 위치한 동그라미를 가리켰다.

"저…… 떨어진 거리가 아스파나다에 있는 자들의 서열?"

"정확해."

그것이 이 세계의 정체였다.

굉장히 특이한 형태로 구성되어 있는 아스파나다라는 세

상.

난 지금 완전히 학생으로 돌아간 것같이, 모든 게 처음 접하는 것들이었다.

칼리토는 표정이 진지하게 변했다.

그러면서 내게 은근 비수와 같은 말을 건넸다.

"내가 너와 같이 마법사들을 만든 이유가 바로, 저 아스파나다의 중앙으로 가기 위해서지. 말했지? 배움과 깨달음엔 끝이 없다고."

"……."

난 직감적으로 느꼈다.

연신 가벼운 태도를 보였던 그가, 갑자기 이렇게 무게를 잡는 이유가 분명히 있을 것.

따라서 다음에 이어질 말은 내게 있어서 그다지 좋은 신호의 말이 아닐 거라고 생각했다.

"난 내가 가진 마법으로 수많은 마법사, 검사, 평민 들을 만들어 내고, 내가 별도로 설정한 세상을 만들어서 그곳에서 살게 했지."

이미 내가 살던 세상에서 전설로만 전해져 내려온 마법들이 사실은 전부 내가 살던 세상을 만든 창조주, 칼리토에게서 비롯된 것이다.

역시 내 예상은 맞았다.

존재하기에 전달되는 것.

따라서 우리가 존재할 수 없는 마법이라고 치부한 정령 마법도, 사일러드가 갑자기 사용할 수 있게 된 배경이 분명했다.

　"따라서 네가 살던 세상 구성원 전부 내 자식이라고 할 수 있지. 내가 만들었으니까. 내가 만든 자식들이 그곳에서 자신의 본질은 잊고 평범하게 살다 보니 누군가와 마음이 맞아 결혼을 하여 자식을 낳으면, 그 자식도 내 자식이 되는 것과 마찬가지지."

　"배움과 깨달음엔 끝이 없다면서, 뭐 하러 그런 불필요한 일을 했지?"

　"전혀 불필요하지 않지. 생각해 봐. 네가 책을 1시간에 한 권밖에 못 읽는다고 쳤을 때, 마법으로 너와 생각을 공유하는 네 자신을 열 명으로 만들어서 동시에 책을 읽는다면? 어떻게 되겠어?"

　나 혼자일 땐 1시간에 한 권에 지나지 않는 독서량이 칼리토의 말대로라면, 남들보다 열 배는 많은 열 권을 읽을 수 있다.

　당연히 그만큼 내가 같은 시간 내에 습득하는 지식의 양도 차이가 심하다.

　칼리토는 내 생각을 읽고 고개를 끄덕였다.

　"바로 그거지. 내가 아무리 마법에 통달했다 하더라도, 어떤 변형과 발전을 이룰지 모르니까. 그것을 습득하기 위해 이런 세상을 여덟 개나 만든 거라고."

그는 자신의 뒤에 있는 제단을 가리켰다.

그것이 칼리토가 세상을 만들고, 별도의 설정을 부여하여 운영한 본질적인 이유였다.

"그런데 평화로운 삶 속에서 태평하게 산다면, 발전할 의욕이란 게 생겨? 본디 인간이란, 역경이 닥쳤을 때 비로소 결단이란 게 확실하게 생기는 법이거든."

"설마, 우리가 그렇게 싸운 이유가……."

"응. 내가 그렇게 만들었어. 타일런트가 전생의 너를 죽이게 유도한 것도 나고, 사일러드가 스승을 배신하도록 유도한 것도 나고. 그뿐이 아니지. 너도 이 책을 봐서 알잖아?"

칼리토는 스승님이 내게 남겨 주신 그 책, 칼리토 책을 들어 올리며 말했다.

"여기에 나온 고대 마법사들의 이념 싸움. 그것도 전부 내가 유도했지. 그래야 마법에 발전이란 게 생기는 법이니까."

칼리토는 냉혈한 창조주다.

애초에 이 세상을 만든 이유가 자신이 가진 지식의 폭을 늘리기 위하여 한 선택.

즉, 자신이 알고자 하는 것만 알아내면 그만이란 거다.

"그리고 궁금했지? 이 책의 링킹 시점이 죄다 누군가가 엿보는 듯했던 거."

이 위에서 날 지켜보고 있었으니, 내가 그런 생각을 하고 있었다는 것도 이미 알고 있다는 뜻이다.

난 입을 굳게 다물고, 그를 노려보기만 했다.

"그거 내가 기록한 거니까 당연히 내 시점이지. 내가 너희를 지켜볼 때 그런 시점이니까."

어쩐지 이상하다고 했다.

칼리토 책의 링킹 속에 있는 마법사 중에선 단일 원소사도 있었다.

그런 자들은 링킹을 사용할 수 없는 게 분명한데, 어째서 그들까지 링킹의 기록이 존재하는지에 대한 의문은 풀렸다.

"그리고 예언. 너희는 예언을 철석같이 믿더군."

그러나 칼리토의 설명은 끝이 아닌 것으로 보였다.

아직 할 말이 더 남아 있었다.

예언이란 그 말에 난 아득해지던 정신이 번쩍 들었다.

예언이라 함은.

내가 아는 사람 중에 생각나는 사람이 딱 두 명밖에 없다.

"그래, 퀼트와 네 스승 알라이즈 페트라. 예언 능력은 무슨. 내가 허구로 만들어서 주입한 링킹에 지나지 않는데."

"……뭐?"

"예언 능력이란 건 애초에 없다고. 내가 링킹으로 조작한 기억에 지나지 않아."

그러나 난 이해가 되지 않았다.

링킹은 본래 있었던 기억을 조작하는 행위.

기억이란 건, '일어난' 일이다. '일어날' 일이 아니다.

그런데 스승님과 퀼트에겐 분명 그런 일이 일어나기도 전인데, 어떻게 기억을 조작했단 말인가?

"말했지, 너희들이 사용하는 마법과 내가 사용하는 마법은 다르다고? 너희들은 내 힘을 조금 물려받은 인위적인 생명체에 지나지 않아. 링킹의 진짜 힘도 모르면서."

칼리토가 냉정하게 답했다.

이 말의 뜻은, 칼리토는 일어나지 않은 일도 미래에 일어날 것처럼 조작이 가능하다는 뜻이다.

난 슬슬 갈피가 잡히기 시작했다.

아까부터 칼리토가 강조한 '내가 유도한 것'이라고 말한 일화들.

전부 이 링킹을 이용한 것으로 보였다.

"맞아, 그래야 너희들이 치고받고 싸우니까. 그래야 상대를 이기기 위해 자아 성찰하고 자신의 무기의 부족한 부분을 파악한 뒤에 갈고닦아 발전을 이루잖아?"

모든 게 칼리토의 의도대로 흘러갔을 뿐이란 거다.

하지만 나는 그가 선택한 단어가 의심스러웠다.

'그렇게 만든 것'이 아닌 '유도한 것'이라고 말하는 것은, 자신이 아무리 마음먹어도 의도한 대로 되지 않을 때가 있다는 것이 아닌가?

따라서 절대적인 게 아닐지도 모른다는 생각을 했을 때였다.

"역시, 선택한 보람이 있네. 바로 눈치채고. 그래, 네가 그 돌연변이 중 하나잖아. 의도한 대로 흘러가지 않은 돌연변이."

"내가…… 뭘 했다고……?"

"이거."

칼리토는 다른 링킹을 보여 줬다.

그 링킹 속에는.

"……가렌트."

나의 친구이자 공동 마검사 학교 교장 가렌트가 있었다.

가렌트는 현재 루스와 릴의 결혼식에서 사회를 보는 중이었다.

"난 말이야, 검사들을 만든 이유가 너희 마법사를 더욱 극한의 상황으로 몰고 가기 위함이었어. 아, 여기까지 들으면 이해가 안 되지? 너희는 분명히 검사가 더 약하다고 믿었는데, 어떻게 그들이 마법사를 극한의 상황으로 몰고 가는지."

나도 모르게 그 부분에선 고개를 끄덕였다.

"네가 이걸 이해하려면……. 정령아, 거기 가리켜."

나와 대화하던 도중, 그는 정령에게 명령했다.

그러자 정령은 아스파나다 세계도에서 가운데와 가장 가까이 있는 동그라미를 짚었다.

중앙의 동그라미에서 가까울수록, 다음 아스파나다의 주

인이 될 가능성이 높다고 했다.

따라서 정령이 짚는 곳은, 아스파나다의 다음 주인이 될 가능성이 높은 자가 살고 있는 곳이란 뜻이다.

"저 세상의 주인이 검사거든. 아, 정확히 말하면 마검사. 그리고 중앙은……."

정령은 중앙의 동그라미를 짚었다.

"저기도 마검사가 주인이지."

내가 살던 세상도 그렇고, 이 아스파나다라는 세상도.

결국, 가장 강한 부류가 마검사라는 뜻이었다.

"그런데 왜 검사들이 마법사들에게 공포의 존재가 되길 바랐던 거지?"

"잊었어? 너희가 가진 능력, 그건 내가 가진 능력을 나눠 준 거라니까?"

거기까지 듣고 생각이 잠시 멈췄다.

도통 이해가 되지 않았다.

그렇다면 칼리토도 검술을 알고 있어야 검사들까지 만들 수 있다는 건데…….

그의 몸을 보면 호리호리하기만 할 뿐, 검술과는 어울리지 않았다.

"아스파나다는 주인의 자리를 놓고 전쟁을 한다."

한창 생각하던 중, 칼리토가 일렀다.

"그리고 전쟁 시기는 도전자들이 정한다. 도전자라 하면,

자신보다 멀리 떨어진 세상에 사는 주인들을 칭하지. 즉, 서열이 낮은 이들."

그 뜻은, 마법 학교의 각 클래스별로 지내는 층과 비슷하다고 생각하면 됐다.

중앙의 동그라미가 최상층이라면.

가장 가까운 곳이 6클래스고.

더 멀리 떨어진 세상이 5클래스.

이런 식이었다.

중앙의 세상과 얼마나 멀리 떨어졌느냐, 그것이 바로 칼리토가 말한 이 세상의 서열이란 뜻이다.

아스파나다는 총 여덟 명의 주인이 있고, 그중에서 칼리토는 서열 5위다.

"그때는 내가 서열 3위일 때지. 2위에게 도전한 적이 있었지. 그러나 결과는 나의 완벽한 패배. 목숨만 겨우 건질 수 있을 정도의 부상을 입고, 내가 있는 이 세상으로 도망쳐 왔거든. 그래도 패배만 있는 건 아니었어. 놈에게 공격 한 번은 성공했고, 그 덕분에 놈이 가진 힘을 미약하게나마 흡수할 수 있었지."

"전쟁에서 지면 서열이 밀려나나?"

"아니, 내가 2위에게 패배한 직후에 밑의 서열 놈들이 연달아 나한테 도전했거든. 부상도 심한 상태인데 내가 뾰족한 수가 있나? 그대로 져서 5위까지 내려온 거지."

결국, 아스파나다의 서열이란 건 영원하지 않다.

언제든 오르고, 내려갈 수 있는 불안정한 자리다.

"그런데 왜 다시 3위를 탈환하지 않고 계속 여기에 머문 거지? 게다가 3, 4위를 공략하는 게 아닌 2위인 마검사만을 염두에 두고……."

"어차피 3, 4위 놈들은 내 밑의 서열인 놈들이었어. 공략법은 완벽하게 알고 있었지. 그러나 2위인 마검사는 얘기가 달랐거든. 한 번에 2위까지 치고 갈 생각이니까. 그런데 너한테 익숙한 단어 아닌가? 흡수."

"흡수……."

"적어도 너와는 연이 깊은 단어잖아."

그 단어를 들을 때, 생각나는 사람은 딱 두 명.

바로 사일러드와 그 후에는 타일런트였다.

"정확히 말하면. 난 사일러드에게 힘을 흡수하는 능력을 줬지. 그러나 타일런트는 아니야. 그놈도 돌연변이 중 하나라고 할 수 있겠네. 단순히 영혼에 내재된 마력을 흡수하는 책만 슬쩍 떨궈 줬을 뿐인데, 그 정도로 혼자 발전을 이뤄 낸 거니까."

"그럼 네가 검사란 부류를 새로 만든 이유가……."

"그래. 그때가 서열 2위에게 도전했다가 패배하고, 마검사라는 부류에 대해서 공부를 더 해야 했거든. 그래서 서열 2위의 힘을 미약하게나마 흡수한 것을 이용해 검사란 부류를 만든 거다."

그것이 칼리토 책에서 본, 초대 교장 선생님이 계셨을 때 일어난 것으로 보였다.

어느 날 갑자기 나타난 검사란 부류.

그 시기가 칼리토의 패배의 날이었다.

"난 그래서 검사들이 오히려 네가 있는 세상을 지배할 거라고 생각했어. 그럼 피지배층인 마법사는 그 똑똑한 머리를 이용해 검술을 연구하고, 마법과 결합할 거라고 생각했는데…… 그런 일은 일어나지 않더라고? 원래 내 힘이 아니라서 그런가. 내 예상과는 달리 오히려 마법사에게 먹혀 버렸으니…… 얼마나 참담했는데. 당연히, 마법사들은 검술을 연구할 필요도 없게 되었고."

칼리토는 그때의 심경을 전했다.

"그런데 네가 의도치도 않은 행동을 해 버린 거지."

그리고 막다른 길에서 희망을 본 듯이, 칼리토는 날 가리키며 흥분된 목소리로 말했다.

"넌 검사와 화합을 도모하고, 마검사의 세상까지 이뤘어! 그로 인해 마검사는 더는 특별한 존재가 아니게 됐지! 네가 세운 학교 덕분에 점차 그 수가 늘어나고 있으니까! 그게 내가 널 선택한 결정적인 이유지!"

칼리토가 검사를 만든 이유.

아스파나다의 서열 2위인 마검사를 이기기 위한 것.

하지만 홀로 연구할 수 없으니, 자신이 마법으로 만든 나와 같은 생명체에게 그 지식을 공부하게 시킬 생각이었다.

그러나 난 여기에서도 의문이 들었다.

내가 공부한다고 한들, 그것이 온전히 칼리토의 것이 되지 않을 것인데…….

"잊었어, 흡수란 말?"

생각으로만 삼키던 그 순간, 칼리토가 말했다.

현재 나는 그와 링킹으로 연결된 상태.

이번 표정은 상당히 심오하다.

그리고 난 섬뜩한 가설 하나가 떠올랐다.

이 방식.

내가 알던 누군가가 했던 짓과 상당히 유사하지 않던가?

재능을 가진 학생을 꼭대기로 불러와, 성배로 바꿔 버리고 자신이 흡수했던 타일런트…….

"설마, 타일런트가 했던 방법이…….'"

"그래, 말했잖아. 원래 존재하던 방식이지. 그런데 타일런트는 정말 똑똑한 녀석이었어. 내가 직접적으로 알려 준 게 아닌데, 혼자서 그렇게 터득한 거니까."

"아까는 책을 줬다고 하지 않았나?"

"아, 오해하지 마. 직접적으로 알려 주지 않았다고 했잖아. 그런 방식도 있다는 가설식으로 기록한 책만 슬쩍 녀석에게 준 거니까. 순전히 물약을 이용해 완벽히 흡수하는 방법을 찾은 건, 그 녀석의 성과야."

"그럼…… 에밋 가문에 그 물약 제조법이 있는 이유는……."

"서로 치고받고 싸워야 발전을 이룬다니까?"

칼리토는 정말 감정이 없는 사람 같았다.

그 일 하나 때문에 마법 사회는 목숨을 걸고 싸워야 했는데, 그 사건을 칼리토는 미안한 기색 없이 자신이 의도했다고 저리도 당당하게 말하다니.

우린 도대체 무엇을 위해 싸운 건지, 슬슬 그 목적성이 흐릿해지는 느낌이었다.

"일부러 에밋 가문이 보관하도록 그 책을 줬다는 거냐?"

"정답. 그리고 여기 칼리토 책에 있는 '약력' 부분의 링킹 속 인물들. 그들은 내가 눈여겨본 자식들이야. 내가 슬쩍 떨어트린 이 책은 마지막 과제인 셈이지."

"마지막 과제라니?"

"과연 이 지식을 활용할 수 있는 능력을 지녔느냐, 아니냐를 확실히 확인하기 위함이지."

그렇다면.

결국, 통과한 사람은 단둘뿐이란 거다.

세상을 만드는 데 성공한 사람은, 초대 교장 선생님과 나밖에 없었으니까.

"왜…… 초대 교장 선생님은 흡수하지 않았지?"

난 그것을 물었다.

분명 링킹 속에서 봤을 때, 그들은 검사들의 세상을 만들어 주고 자연스럽게 산화했기 때문이다.

그것은 수명이 다 되어 스스로 사라진 것과 똑같으니까.

"무슨 소리야?"

그러나 칼리토는 능글맞게 웃으며 답했다.

"이미 내가 흡수했는데?"

"……뭐? 분명 그 책의 링킹엔…….."

"링킹이 언제부터 있는 그대로를 보여 주려는 용도였지? 너도 한때 그런 식으로 사용하진 않았잖아? 상대를 속이는 용도로 자주 사용했으면서. 노힐과 미하엘 가문, 오랜만에 듣지?"

"……."

조작된 링킹이란 뜻이다.

게다가 칼리토가 노힐과 미하엘 가문을 일부러 꺼낸 이유도, 내가 아르텔이란 이름으로 환생하고 나서 노힐과 미하엘 가문에 개방 견학을 하러 갔을 때 두 가주의 기억을 가렸던 그 일화를 들먹이기 위함이다.

그것이 링킹의 본질이란 것을 내게 각인시키려는 속셈이다.

"그럼…… 초대 교장 선생님의 마지막은……?"

"자연스럽게 산화한 게 아니라, 내가 따로 불러서 이 모든

걸 알려 주고 흡수했지. 자식이 아비의 품으로 돌아오는 게
뭐 그리 이상한가?"

"왜? 어차피 흡수할 생각이라면 귀찮게 이런 것들을 알려
주는 거지? 그냥 불러서 먹어 치우면 그만이잖아?"

그래, 칼리토의 목적이 처음부터 그것만 있다고 인정하자.

나도 지금 그에게 흡수될 예정으로 이곳에 온 것과 다름이
없다.

"보상이지."

"보상? 도대체 어느 부분이?"

"이유도 모르고 소멸을 맞이하는 거랑 적어도 이유를 알고
맞이하는 게 서로 같은가?"

결과적으론 소멸을 피할 수 없기에 같은 것이라 볼 수 있
지만…… 죽음이 다 같은 죽음만 있는 건 아니다.

예를 들어 에타르는 기꺼이 나를 살리기 위해 자신의 몸을
던졌고.

반대로 타일런트는 세상을 장악하기 직전의 상황에서 모
든 게 망가진 채로 죽었다.

하지만 결과적으로 둘은 똑같이 죽음을 맞이했으니 상황
이 같다고 말할 수 있을까?

아니다.

적어도 결과인 죽음이 같을지 몰라도, 그 결과로 도달하기
까지 둘의 마음가짐은 상당히 달랐다.

지금 칼리토는 그 차이를 말하는 것이다.

"이게 내가 줄 수 있는 보상이거든. 정상에 선 자가 갑자기 소멸해 버리면, 억울하잖아? 적어도 이유라도 알면 뿌듯함이라도 가지지."

"……초대 교장 선생님은 뿌듯해하셨나?"

"뭐, 그렇지? 어차피 수명이 얼마 남지도 않았으니까. 겸허히 받아들이더라고. 오히려 새로운 세상을 알려 줘서 고맙다고 하던데?"

하지만 난 초대 교장 선생님의 상황과 다르다.

난 고맙다고 말할 생각도 없을뿐더러 여기에서 얌전히 흡수당하지도 않을 거니까.

내 생각을 읽은 칼리토는 빙그레 웃으며 물었다.

"그래서 어쩌게? 저 정령이 있는 한, 넌 아무것도 못 하는데? 이게 네 운명이야."

칼리토의 시험

난 눈동자를 굴려서 주변을 확인했다.

확인한다는 것은, 마법을 사용할 수 없는 지금.

마법에 대처할 수 있는 무언가가 있진 않을까 하는 기대에서 나온 행동이다.

그러나 이곳에 있는 거라곤 방대한 양의 책일 뿐.

그 무엇도 없었다.

마법을 봉인당한 지금 내가 믿을 구석이라곤 검술로 인해 강해진 신체밖에 없다.

하지만 이거 하나만 가지고 무언가를 할 수 있는 상황도 아니다.

열심히 머리를 굴려도, 뾰족한 수가 떠오르지 않을 때였다.

"그래, 그러니까 얌전히 듣고만 있어. 아직 내 말 다 안 끝났어. 그리고 지금 당장 흡수할 거 아니야. 너와 사일러드를 한 번 더 경합 붙이고 싶었다는 말, 벌써 까먹은 거야?"

적어도 그 경합의 결과가 나오기 전까지는 나를 해칠 생각은 없다는 뜻이다.

"들어나 보지."

지금으로선 아무것도 할 수 없는 상태.

그리고 궁극적으로 칼리토가 무슨 생각을 하고 있는지도 궁금하다.

사일러드와의 마지막 경합의 정체도 예측할 수 없었을뿐더러 그가 무슨 계획을 가졌는지 알아내는 게 우선이니까.

난 칼리토의 말을 더 듣기로 결정했다.

"넌 이렇게 될 운명이었다고. 사일러드도 마찬가지고. 너만이 아닌 네가 있는 세계의 모두가 그렇게 될 운명이었지."

"잠깐."

난 도중에 그의 말을 끊었다.

칼리토가 계속 강조해서 말하는 단어, '운명'.

난 운명이란 단어를 싫어한다.

이유는 단순하다.

내가 어떠한 결과를 얻기 위해 노력한 뒤 원하는 결과를 얻은 것을 운명으로 치부해 버리면 내가 그 결과를 얻기 위해 노력한 것들이 하찮은 일이 되어 버리니까.

반대로, 원하지 않던 결과를 얻었을 때도 마찬가지다.

반대의 결과가 나온 것도 운명으로 치부해 버리면 '과연 나는 원하는 결과를 얻기 위해 노력을 그만큼 했는가?'라는 자신에 대한 고찰을 하지 않고 현실을 도피하는 결과를 낳기 때문이다.

즉, 운명이란 것은 과정인 노력을 완전히 무시하는 말인 것이다.

그렇기에 난 운명이란 말을 그다지 좋아하지 않는다.

그 주체가 나라면 더더욱 그렇다.

"뭐지?"

칼리토가 되물었다.

"아까부터 운명, 운명 그러는데…… 그럼, 나의 스승님이나 에타르가 죽은 것도 전부 운명이란 거냐?"

"응."

스승님은 몰라도, 에타르라면 난 살릴 수 있을지도 모른다고 늘 생각했다.

내가 좀 더 예상의 범위를 넓혀서 사일러드의 봉인이 깨질 것을 염두에 두었다면 그가 희생되지 않아도 될 상황이 일어났을 거니까.

하지만 칼리토의 답은 냉정했다.

"그렇다면. 내가 마검사가 된 것과 검사들과 화합도 이룬 것이 운명이라고?"

이번엔 이 부분을 물었다.

분명히 그는 내가 돌연변이라고 말했다.

본래 의도한 대로 흘러가지 않았던 사람.

그게 나였으니까.

"아니, 그건 정말 나도 예상하지 못한 결과였지."

"그렇다면 네가 만든 그 운명이란 건 절대적이진 않다는 뜻이군."

"뭐…… 그렇게 생각할 수 있겠지?"

그 정도면 됐다.

아무리 나라는 존재와 내가 살던 세상을 만든 창조주 칼리토라고 하더라도 절대적인 존재가 아니란 뜻이니까.

즉, 돌파구는 명백히 있다는 뜻이다.

"좋을 대로 생각해. 그런데 말야, 지금 그렇게 태평한 생각을 하고 있을 때가 아닐걸."

그런데 칼리토의 반응은 아무렇지도 않았다.

분명히 내 생각을 다 읽고 있어서 내가 방금 생각한 것들도 알아차렸을 텐데도, 조급함은커녕 여유로운 모습을 보였다.

"미리 사과하지. 내가 너를 여기로 불러오면서 장난 하나 쳤거든."

이젠 나를 어린 학생 대하듯 선생님의 말투다.

그리고 제단에 놓인 책을 가리켰다.

내가 살던 세상을 전부 감시하는 그 책이다.

그것이 보여 주는 세상은 여전히 가렌트가 루트와 릴의 결혼식을 진행 중인 평화로운 상황이었는데.

콰앙-!

링킹 속에서 굉음이 터져 나왔다.

일순간에 결혼식장에 있는 모두가 당황한 기색을 보였다.

칼리토는 시점을 바꿨다.

바로 내가 사일러드를 가둔, 라무스 가문이 관리하는 그 정원을 보여 줬다.

"……."

정원은 붕괴되어 사라진 상태다.

아예 흔적도 남아 있지 않았다.

아니, 정원만이 아니다. 마검사 학교가 있는 무지개 세계 전체가 그랬다.

"내가 과연 무슨 장난을 쳤을까요~?"

"네가 말한 경합이…… 이런 거냐?"

"정답. 자, 이제 정답을 알았으면, 얼른 행동해야 하지 않나? 사일러드와 너 중에서 내가 확실히 선택해야 할 순간이니까."

그가 친 장난은 우리가 새롭게 만든 무지개 세계를 없애 버린 것.

그로 인해 사일러드를 가둔 정원은 물론, 세계 전체가 사라졌다.

이 마법도 결국엔 칼리토가 만들어 낸 마법이니, 우리가 새롭게 만들었어도 창조주인 그가 마음대로 가지고 놀 수 있다는 뜻이다.

"우리가 저 사일러드를 가두기 위해 얼마나 많은 피를 흘렸는데……."

"그렇게 낙담하고 있을 시간 없을걸. 지금 조급한 건 내가 아니라 너잖아? 난 사일러드가 갇힌 시간 동안 얼마나 발전했을지 궁금했거든. 만약 이뤘다면 한 번 패배한 너에게 다시 이길 수 있을 정도일지, 아니면 여전히 네가 그를 압도할 힘을 가졌을지 직접 보고 싶네."

그가 내 생각을 계속 읽고 있음에도 태평한 반응을 보였던 건, 이미 사일러드를 풀어 줬기 때문에 그런 것으로 보였다.

그리고 이번 싸움에서 이긴 쪽을 흡수하겠다는 생각이다.

이겨도 얻을 것이 없고.

져도 마찬가지다. 지게 되면 우리가 사일러드 하나를 제압하기 위해 행한 그 숱한 노력들이 전부 무(無)로 돌아가는 상황에 놓였다.

마치 난 지금 나락 위에 떠 있는 저울에 선 듯하다.

어느 쪽으로 가든 저울은 기울어질 것이고.

그 밑에 기다리고 있는 건 끝도 보이지 않는 나락일 뿐이니까.

하지만 그렇다고 선택하지 않을 순 없었다.

사일러드를 놔둘 수도 없는 노릇이니까.

"그래, 결심했으면 제단 위의 링킹으로 뛰어들어 가면 돼. 저게 포털 역할도 하거든."

칼리토가 알려 줬다.

그는 이 상황을 보고 즐기는 한 명의 관람객이 되었다.

"가만히 있으면…… 네가 아끼던 녀석들 다 죽을지도 모를 텐데? 널 불러왔을 때. 링킹을 통해 슬쩍 사일러드에게 물어봤거든."

칼리토는 내가 빠른 결단을 내리게 하기 위해 입을 멈추지 않았다.

"독기가 바짝 올랐던데? 하긴, 6년가량 묵은 독인데 쉽게 해독될 리가 없지."

300년 넘게 갇힌 뒤에 풀려난 그의 행동을 내가 어떻게 모를까.

칼리토가 사일러드를 의도적으로 풀어 줬다면, 다음 행동은 안 봐도 뻔했다.

"자, 선택하세요~. 시간은 우리를 기다려 주지 않는 법이라고."

'난 어디에 있는 거지?'

사일러드는 정신을 차리고 보니, 풍경이 바뀌었다.

그가 에이머가 만든 나무에 갇혀 있을 때 하늘이 갈라지는 것을 분명히 목격했다.

마치 자신이 있던 그 정원이 퍼즐 조각을 빼낸 것처럼 드문드문 뜯어지기 시작한 것이다.

그런 뒤에 곧장 끊어진 정신.

그리고 깨어난 지금 그의 눈에 보이는 것은 정원은 사라지고 건물들이 가득 들어선 어느 거리였다.

'여기…… 설마.'

직감적으로 알 수 있었다.

그가 마법 학교 꼭대기에서 꼼짝없이 고립된 생활을 하던 당시 그토록 오고 싶어 했던 밑의 세계란 것을.

사일러드도 이 밑의 세계의 땅을 밟아 보는 게 얼마 만인지 기억이 나지 않을 정도로 오랜만이다.

300년이 조금 넘도록 꼭대기에만 갇혀 있던 시간 동안 밑의 세계는 많은 것이 변했다.

'그나저나 그 목소리는 누구일까?'

의문의 목소리와 대화한 직후 일어난 현상들이다.

'나를…… 풀어 준 건가?'

분명히 목소리는 자유를 얻으면 무얼 할 거냐 물었다.

답을 하지 않았는데도 링킹에 연결된 상태였기에, 누구일지 모르는 그 목소리가 그의 생각을 전부 읽은 것은 확실하다.

그 목소리가 누구이기에 이런 일이 가능했던 건지는 알 수 없다.

그러나 확신할 수 있는 것은, 의문의 목소리는 아르키스에이머보다 강한 누군가이며 그에게 힘을 보태 주는 중이라는 것이다.

그렇지 않고서야 굳이 꺼내 줄 이유가 없으니까.

'이것만으로도 충분해.'

사일러드는 이제 주위를 살폈다.

그는 비록 정원에서 풀려났어도 육신이 없는 것은 마찬가지다.

따라서 지금은 보이지 않는 영혼만 밑의 세계에서 두둥실 떠다니는 신세다.

'몸부터 필요한데……'

그렇게 밑의 세계를 이리저리 쏘다녔다.

그러던 중, 가까운 곳에서 아이들의 목소리가 들려왔다.

"바보가 또 나타났다~!"

"잡아라~! 저 바보를 잡아라!"

"꼬기……! 꼬기……!"

'이 목소리…… 분명…….'

아이들 사이에 뒤섞인 낮이 익은 목소리.

꼭대기의 철문에 갇혀 있는 동안 숱하게 들은 목소리기에 잘 알고 있다.

잊고 싶어도 잊을 수 없는 그 목소리.

바로 드라코 타일런트가 대마법사였던 당시의 문지기란 직책을 가졌던 드라코 셔먼이다.

사일러드는 목소리가 들리는 곳으로 향했다.

'나 참…… 이게 어떻게 된 일이지?'

셔먼은 앙상한 몰골이 되어 더러운 옷가지들을 뒤집어쓰고 있었으며, 어린이들에게 놀림감이 되어 돌을 맞고 있었다.

자신의 몸을 때린 돌을 보고 '꼬기.'라 말하며 덥석 주워 입에 넣은 뒤 속을 게워 내는, 이해할 수 없는 행동을 하는 중이다.

'상태가 왜 저렇지?'

셔먼의 상태가 어떻든 상관없다.

사일러드도 오래 존재한 마법사이기에 셔먼의 상태를 보고 유추할 수 있었다.

'에이머 그놈이 무슨 수작을 벌인 것 같군. 자아라는 건 없어진 상태 같은데…….'

셔먼은 더는 마법사라고 부를 수 없는 상태다.

제정신이 완전히 사라진 그는, 마법사의 껍데기를 쓰고 있는 육체만 살아 있는 상태라고 봐도 무방했다.

'속이 텅 비었다면. 내가 기꺼이 채워 주지. 셔먼의 몸이라면 지금으로선 최상의 조건이니.'

사일러드는 그대로 셔먼의 몸으로 직행했다.

그의 영혼은 셔먼의 몸에 쏙 들어가, 몸을 빼앗는 마법을 곧장 구현했다.

'어차피 마법이란 건 정신력, 즉 내 영혼에 내재된 것. 몸이 바뀌었어도 내가 알고 있는 마법은 전부 사용할 수 있지.'

그 진리도 역시 알고 있는 사일러드다.

"바보 잡아라~!"

셔먼을 괴롭히던 아이들은 지금 셔먼의 몸에서 일어나는 일을 알 리가 없었다.

지금껏 했던 것처럼, 돌멩이를 던지며 셔먼을 괴롭히던 중이다.

셔먼이 벌떡 일어섰다.

"우와! 바보가 일어섰다!"

해맑게 웃으며 셔먼의 행동을 보고 저들끼리 키득키득 웃던 그 순간이었다.

콰드득―!

"어어……?"

셔먼의 한쪽 팔이 늑대의 머리로 변했다.

그 순간 아이들은 무언가가 이상함을 느꼈으나 이미 늦었다.

"꺼져."

그리고 셔먼은 자신의 입으로 여태껏 보인 적 없는 또박또박한 발음으로 한 단어만 뱉었고, 그대로 아이들을 먹어 치워 버렸다.

순식간에 작은 골목에 옹기종기 모여 있던 아이들의 모습은 온데간데없이 사라졌고, 흥건한 핏물만 가득했다.

"불량 식품들이군. 아무것도 없잖아? 난 또 셔먼을 괴롭히길래 마법사들의 어린 자식인 줄 알았더니. 평민들이었나 보군."

비록 그가 가졌던 몸은 아니지만 사일러드는 셔먼의 몸을 빼앗으며 부활을 알렸다.

그가 피 칠갑을 한 상태로 거리로 나왔을 때였다.

그의 앞에 마법사 한 명이 나타났다.

"……네가 어떻게?"

"오호? 얼굴은 몰라도 이 목소리는 기억나는군. 너는 분명히……."

사일러드는 기억을 뒤졌다.

분명히 기억이 나는 목소리지만, 워낙 예전의 일이기에 정확히 기억하기 위해서다.

"아, 그래. 맞아. 분명히 타일런트의 친위대 부대장 이그니토였지?"

그리고 그의 앞에 나타난 마법사는 바로 임펠이었다.

임펠은 루트가 만든 가문의 일원이 되지 않고, 오히려 바이스가 밑의 세계에 만든 보육원의 교사가 되어 평범하게 살아왔다.

루트가 가문을 세우기로 결심했을 때, 임펠은 방랑자로 살생각이라고 했던 말을 실천 중이다.

그가 방랑자가 되고 싶었던 것은 그저 개인으로서 자유롭게 살고 싶었기 때문이다.

바이스와 함께 보육원 교사가 되어 고아들을 돌보고, 검사나 마법사 중 한쪽에 재능을 보인다면 해당 학교로 입학시키는 일을 해 왔다.

더불어 보육원이 밑의 세계에 있기에 혹시 모를 불상사를 대비해 셔먼을 감시하는 역할까지 스스로 도맡아 했다.

그러던 중에 오늘 일이 터진 것이다.

루트와 릴의 결혼식 참석 중에 갑자기 굉음이 터졌고, 제일 먼저 나온 게 임펠이었다.

이 굉음이 혹시 셔먼이 낸 것은 아닌가 하는 의심에 온 것이었다.

'그런데 셔먼의 상태가 이상하다. 과거에 갇힌 사람 같아.'

임펠은 말을 아끼며, 셔먼을 관찰했다.

몸이 피 칠갑인 것을 제외하면 특별한 것은 없지만…….

'분위기가 완전히 바뀌었는데? 무슨 일이 있던 거지?'

바로 셔먼에게서 풍기는 분위기가 여태 알던 셔먼의 그것이 아니다.

껍데기는 그대로지만, 알맹이가 완전히 다른 것으로 채워진 느낌이었다.

"어이, 너 이그니토 맞잖아?"

'게다가 날 과거의 이름으로 부른다……. 무슨 이유인지는 모르나, 정신은 돌아왔지만…… 과거만 기억하는 중인가? 지금이 타일런트의 시대라고 착각하는 것 같은데.'

그렇게 치부하기엔 역시나 석연찮은 부분들이 너무 많았다.

그러자 셔먼은 얼굴을 구겼다.

"내가 친히 질문을 했으면 답을 하는 게 도리 아닌가? 건방진 게……."

잔뜩 분노한 모습을 감추지 못한 셔먼은 이를 뿌득 갈았다.

그러곤 그의 몸에선 이상한 변화가 일어났다.

콰드득-!

바로 팔 한쪽이 늑대의 머리로 변한 것이다.

'저건……! 사일러드의 마법이잖아……?'

어떻게 된 영문인지, 알 수 없다.

그러나 확실한 것은, 셔먼이 사일러드의 마법을 사용한다는 점.

이것이 가능하려면 사일러드가 셔먼의 몸에 들어가야 한다.

"너…… 사일러드냐……?"

"그걸 이제야 알아보다니. 척 보면 모르나?"

'그러고 보니……!'

임펠은 다급히 하늘을 올려다봤다.

'없어…….'

에이머와 조각사, 그리고 검사들까지 함께 공을 들이며 세웠던 그 세상이 완전히 사라진 상태였다.

지금 하늘엔 마법 학교의 세계와 검사 학교의 세계, 이 두 개밖에 존재하지 않았다.

'아르키스 님에게 무슨 일이…… 생긴 건가?'

그렇게 추측하고 있을 때였다.

"뭐, 상관없지. 일단 너부터 시작이다."

사일러드가 밑의 세계에서 다수의 라이칸들을 소환했다.

'안 돼……! 여긴 평민들이 잔뜩 밀집된 곳이야……!'

공교롭게도 지금 있는 곳은 바이스가 설립한 보육원 근처.

이대로라면 그 안에 있는 어린 새싹들이 그대로 지하 깊숙한 곳으로 사라질지 모를 일이었다.

임펠은 다급함에 사일런스 셀을 구현했다.

"나한테 이런 게 통할 거라고 생각하나? 우습게 봐도 정도가 있지. 어둠 원소사 주제에 나를 가둘 생각을 하다니."

사일러드는 임펠이 구현한 사일러드 셀을 가뿐하게 부숴
버렸다.

그리고 임펠을 완전히 뭉개 버리기 위해 새로운 신물인 학
생 모습을 한 신물을 소환하려고 한 그때였다.

가슴 깊은 곳에서 화끈한 기운이 느껴졌다.

"쿨럭······!"

사일러드는 갑자기 피를 토하는 내상을 입었다.

'왜······?'

그저 학생 모습을 한 신물을 소환하려고 했던 것뿐인데,
갑자기 누군가에게 공격받은 것만 같은 느낌이었다.

'그렇구나······. 이 몸으론 비전력을 사용할 수 없다. 이건
예상 밖의 일인데······.'

원인은 금방 파악할 수 있었다.

비전력이란 건 정신력이 필수지만, 강인한 신체도 필수다.

하지만 그의 본래 몸은 잃은 상태로, 지금은 셔먼의 몸을
빼앗아 온 상태.

셔먼의 몸으로는 비전력이 주는 부담을 소화할 수 없었던
것이다.

'이런······. 검사들의 몸이······ 필요하다.'

그렇다면 이제 할 일이 정해졌다.

자신의 길을 막는 저 마법사를 없애고, 검사들을 찾아서

그들의 신체를 먹어 치워 부족한 부분을 채우는 것이다.

"시간 없으니까 빨리 끝내자고, 이그니토."

"그 이름 없어진 지 오래다. 임펠이라 불러 다오."

임펠도 절대 길을 내주지 않겠다는 일념으로 그와 맞섰다.

"저기……."

루트와 릴의 결혼식에 참석 중이던 검사, 마법사 들은 서둘러 바깥 상황을 확인했다.

그런데 평화로운 나날을 보내던 밑의 세계에서 보여선 안될 것들이 여기저기 기둥처럼 자리 잡고 있었다.

바로 건물의 크기와 맞먹는 라이칸 무리.

평범한 라이칸의 가죽색이 아닌, 검정, 빨강, 회색으로 이루어진 라이칸들이다.

라이칸에 원소의 고유색이 섞인 라이칸.

이것을 해낼 수 있는 마법사는 단 한 명밖에 없었다.

바로 사일러드.

그러나 그가 봉인된 지금, 어떻게 풀려나서 이런 일을 행할 수 있는지는 역시 알 수 없었다.

소환된 라이칸들은 곧장 밑의 세계 도시를 불바다로 만들었다.

평민들이 대피하기도 전에 일어난 일이기에, 그 찰나의 순간 길거리에 몸에 불이 붙은 채 그대로 엎어진 시체들이 기하급수적으로 늘어났다.

"드레드!"

가렌트는 반사적으로 마검을 소환하고, 후계자 드레드를 불렀다.

"네!"

"사일러드가…… 풀려난 것 같다."

드레드도 그제야 바깥 상황을 제대로 확인했다.

"어떻게 이게 가능합니까……?"

"모르지."

가렌트는 하늘을 확인했다.

그런데 하늘에는 그들이 만들었던 세상인, 무지개 세계가 완전히 사라진 상태.

그와 동시에 갈색의 마법사들이 부리나케 결혼식장으로 뛰어왔다.

라무스 가문의 마법사들이다.

가주인 트레샤는 루트와 릴의 축하를 위해 잠시 내려왔지만, 그들은 사일러드를 가둔 정원을 감시, 관리하는 임무를 가졌다.

그렇기에 전원이 내려올 수 없어 일부는 남겨 두고 온 상태였다.

그런 라무스 가문의 마법사까지 전원 밑의 세계에 있는 상태다.

"어떻게 된 일이지?"

"모르겠습니다……. 저희가 여느 때와 똑같이 정원을 관리하던 중에…… 갑자기 하늘이 갈라지더니 세상이 사라져 버렸습니다."

"뭐?"

해당 소식을 들은 가주 트레샤는 격분했다.

"너희들! 도대체 무슨 실수를 저지른 거야!"

이 모든 일이 정원을 관리하던 자신의 가문 마법사들의 실수에서 비롯된 일이라고 생각한 탓이다.

"아닙니다……. 갑자기 일어난 거라고요. 저흰 아무것도 하지도 않았는데요."

여기에서 추측한다고 한들, 달라질 건 아무것도 없다.

이미 실시간으로 라이칸들은 도시를 부수고 있으며, 애꿎은 평민들의 희생만 늘어나는 중이다.

"트레샤, 일단은…… 마법사들과 함께 평민들 대피부터 시켜."

가렌트는 침착하게 상황을 수습하기 위한 지시를 내렸다.

"델세르."

그리고 대마법사 후계자인 그녀를 불렀다.

"네, 가렌트 님. 걱정하지 마세요. 평민들 대피는 저희 마법사가 책임질 테니까요."

델세르도 침착했다.

하지만 그래도 걱정은 여전히 존재했다.

"아르키스 님에게 무슨 일이 생긴 것…… 같군요. 갑자기 이런 일이 일어난 걸 보면……."

"나도 모르지. 그렇다고 손 놓고 있을 순 없잖아? 에이머가 없는 지금 이곳에선 너와 내가 나머지를 이끌어야 한다. 나와 드레드는 사일러드를 맡을 테니까, 평민 쪽은 네가 맡아 줘."

"마법사들의 수는 많으니, 저는 가렌트 님에게 붙죠."

"아니. 사일러드가 풀려났다면…… 정령 마법까지 사용할 수 있는 상태라고 봐야 하니까, 플레우드인 넌 빠져야 해."

"……."

사일러드와 직접 싸워 본 적이 있는 가렌트.

그렇기에 지금 사일러드가 풀려났다면, 플레우드는 큰 힘이 될 수 없었다.

더군다나 에이머처럼 비전력을 사용할 수 있는 상태라면 몰라도 그렇지 않은 델세르는 정령 앞에서 무릎 꿇는 신하로 전락한다는 것을 잘 알고 있기에 내린 조치다.

"알겠습니다. 그렇게 하지요."

델세르도 이미 예전에 겪은 일이다.

그 뜻을 잘 알기에 이번엔 고집부리지 않고 가렌트의 지시를 따랐다.

영문은 모르겠으나 아르키스 에이머가 사라진 지금의 상태에서선 마검사 학교 공동 교장인 가렌트가 에이머를 대신하여 모두를 이끌어야 하는 상태였다.

마법사들은 분주하게 움직였다.

각자 포화 속으로 뛰어들어, 평민들을 구하며 최대한 멀리 떨어진 곳으로 대피시키기 시작했다.

"드레드, 비록 시간이 조금 지난 일이긴 해도 그 감각, 제대로 알고 있지?"

가렌트는 라이칸 무리의 중앙으로 뛰어가며 물었다.

"물론이죠! 그리고 그때의 저와 지금의 전 다릅니다! 지금은 엄연히 검사 학교 교장이라고요!"

"그래, 일단 우리끼리 막아 보자."

"저희도 나서겠습니다!"

가렌트와 드레드 뒤에 꼬리가 붙었다.

바로 검사 친위대에서 새롭게 각성한, 마검사들이었다.

그 속에는 하페르트도 함께 있었다.

"고맙다."

가렌트는 그 한마디만 남기고 마검사 무리를 이끌며 내달렸다.

그러자 검은 물체가 선명하게 보이기 시작했다.

어둠 원소의 보주화였다.

'누군가가 이미 와서 막고 있는 중이었나 보군.'

그렇게 가렌트가 도착하기 직전.

그들을 등대와 같이 맞이하던 어둠 원소의 보주화가 조각 나며 깨져 버렸다.

"끄으윽……!"

뒤이어선 낯익은 목소리의 신음이 흘러나왔다.

'임펠……!'

칼리토가 보여 주는 링킹으로, 난 밑의 세계에 일어난 상황을 실시간으로 확인할 수 있었다.

그 속에선 풀려난 사일러드가 셔먼의 몸에 들어가 밑의 세계 도시를 박살 내고 있었다.

"안 움직이고 뭐 해? 저대로 놔둘 거야? 링킹 속으로 뛰어들면 네가 있던 세계로 돌아갈 수 있다니까?"

칼리토는 그런 내 행동을 관찰하는 중이었다.

하지만 난 섣불리 움직일 수 없었다.

사일러드와 다시 싸워서 이길 수 없을 것 같아서?

아니다.

절대 질 것 같지 않았다.

그러나 문제는 이기고 나서다.

난 다시 이곳으로 불려 올 것이며, 그대로 칼리토에게 흡수되는 일만 남았다.

　그것을 피하기 위한 방법이 좀처럼 떠오르지 않았기에 주춤거리는 것이다.

　"허허, 이대로라면 네가 애써 만든 세상이 다 부서질 텐데?"

　칼리토는 말로 나를 계속 괴롭혔다.

　난 여전히 그의 링킹을 유심히 지켜봤다.

　링킹 속에서 임펠이 그와 맞서고, 사일러드가 새로운 마법을 구현하려고 할 때였다.

　―쿨럭……!

　그런데 사일러드가 갑자기 피를 토했다.

　'저거 혹시…….'

　나도 겪은 적이 있는 현상.

　난 그 상황을 목격한 순간, 해답의 빛을 마주한 것만 같았다.

　사일러드는 지금 몸이 바뀌어 버린 바람에 비전력을 사용할 수 없다.

　그가 두려운 존재였던 이유는 비전력 소환 마법이 결합하여 만든 정령이었지, 소환 마법이 아니다.

게다가 비전력도 사용할 수 없는 상태라면 내가 군이 내려가지 않더라도 충분히 그를 막을 수 있는 사람들이 있었다.

　"정말 그렇게 생각해? 내가 그렇게 물렁한 것 같아?"

　그러나 내 생각을 읽은 칼리토가 비수를 꽂듯 말했다.

　칼리토는 느릿하게 손을 들었다.

　여태껏 그가 이렇게 직접적으로 어떠한 행동을 취한 적이 없었다.

　무언가가 필요하면 정령이 대신 움직였다.

　그만큼 지금 이 순간은 스스로가 나서야 하는 상황일지도 몰랐다.

　"그게 뭐가 문제라고. 사일러드에게 난 힘을 흡수하는 능력을 줬다고 했잖아. 그것만 이용할 수 있게 만들면 그만인데, 뭘. 이런 식으로 말이야."

　그의 손에서 하얀 빛이 나왔다.

　내가 타일런트에게 죽었을 때와 또 사일러드를 마검으로 찔렀을 때 발생했던 그 빛과 같은 것이었다.

　그는 내가 살던 세상이 영향을 받도록 어떠한 마법을 부린 것이다.

　"이제 느긋하게 감상해 볼까?"

　그리고 모든 것을 보여 주는 링킹을 지켜봤다.

　"……."

　링킹 속 내가 살던 세상에서는, 누군가에게 추려지기라도

한 듯 순수한 검사들만이 사일러드 앞에 모여 있었다.

사일러드가 그들의 신체를 흡수하여, 비전력을 사용할 수 있게 만들려는 칼리토의 의도였다.

"안 돼……!"

이대로 조금이라도 놔두면 사일러드가 그들을 흡수하는 것은 물론, 더 큰 재앙이 펼쳐진다.

바로 사일러드도 마검사의 힘을 이용할지도 모른다는 점.

내가 그를 봉인할 수 있었던 유일한 무기가 바로 그 마검사다.

놔두면 안 된다는 생각에, 난 몸이 먼저 움직였다.

저 링킹 속으로 몸을 던지면 포털처럼 내가 본래 있던 곳으로 돌아갈 수 있다.

가서 사일러드가 검사들을 흡수하는 걸 막기 위해 발이 자동적으로 움직였을 때였다.

하지만 그와 동시에 몸이 천 근처럼 변한 것같이 느껴지면서 그대로 굳었다.

'왜……?'

"잠깐 기다리고 있어. 제대로 된 경합을 하려면, 조건이 서로 어느 정도 맞아야 하지 않겠어?"

칼리토가 내 몸을 묶는 마법을 구현한 것이다.

그도 플레우드지만, 내 눈에는 그가 정확히 어떤 마법을 구현했는지 전혀 보이지 않았다.

같은 플레우드면 보여야 하는데, 이 규칙을 벗어난 것이 바로 칼리토의 마법이었다.

'창조주의 마법은…… 격이 다른 건가?'

나조차도 눈에 제대로 보이지 않아 반응할 수 없는 수준의 상대라니.

난 꼼짝없이 그대로 반항도 하지 못한 채, 칼리토가 의도한 대로만 움직여야 했다.

링킹 속에는 검사들과 사일러드만 좁은 장소에 모여 있었다.

그리고 조건이 어느 정도 맞아야 하지 않겠냐는 그의 말은, 사일러드가 비전력을 사용할 수 있는 상태가 될 때까지 날 묶어 두겠다는 뜻인 게 분명했다.

'안 된다…….'

머릿속에선 온통 그 생각밖에 떠오르지 않았기에, 난 발버둥 쳤다.

마법은 플레우드 정령이 있으니 사용할 수 없는 상태.

그러니 지금 내가 할 수 있는 것은 불행히도 발버둥 치는 것뿐이었다.

'어떻게든…… 저기로 가야 해……!'

그저 몸에 힘만 잔뜩 주면서 움직이려고 갖은 애를 썼지만, 이 속박은 좀처럼 풀리지 않았다.

"이건 또 무슨 상황일까?"

사일러드는 자신에게 일어난 상황을 의아하게 지켜봤다.

임펠을 제압하던 상황이었고, 완전히 제압하기 직전이다.

자신을 상대하던 임펠은 갑자기 어디론가 사라졌고, 갑옷과 무기로 무장한 이들이 자신의 주위에 소환되듯이 동그랗게 모인 것이다.

눈대중으로만 봐도 그들의 정체는 쉽게 알 수 있었다.

그들은 전부 검사란 것을.

그리고 마검사는 단 한 명도 없었다.

심지어 소환당한 검사들도 어리둥절한 모습을 보였다.

'그렇다는 건…… 저들이 의도한 게 아니란 뜻인데.'

마침 비전력을 사용할 수 없는 상태에 검사들을 흡수하여 약한 자신의 신체를 보강하겠다고 마음먹은 그 순간에 일어난 일이었다.

'정말, 신이란 게 존재하는 건가?'

이 일도 정원에 갇혔던 자신을 풀어 준 그 의문의 목소리가 의도한 것이 분명했다. 그때였다.

'어이, 사일러드.'

그 목소리가 다시 찾아왔다.

사일러드는 즉답했다.

'이것도 네가 한 거냐?'

'뭐, 그렇지?'

'왜 날 도와주는 거지?'

'그냥, 시험하고 싶은 게 있어서.'

'시험이라……. 평소라면 기분이 상당히 언짢을 단어지만, 지금은 그렇지 않군.'

사일러드는 그 의문의 목소리가 자신을 어떻게 대하든 상관없었다.

자유의 몸으로 만들어 준 것부터 시작하며 지금 딱 타이밍 좋게 검사들을 모아 준 것만으로도 그는 생명의 은인이라고 여겨질 정도였으니까.

의문의 목소리는 이어서 말했다.

'아르키스 에이머는 잠깐 내가 붙잡고 있는데, 시간을 오래 안 끌 거야. 1분 준다. 비전력을 사용할 수 있는 상태로 만들어. 너 정도면 할 수 있잖아?'

자신을 지켜보고 있다는 듯이, 비전력을 사용할 수 없는 상태란 것까지 귀신같이 알고 있는 의문의 목소리.

그 사실이 의아하긴 했지만, 그보다 더 궁금한 것을 물었다.

'아르키스 에이머와 함께 있다는 소리냐?'

'그렇다.'

'너도 고전을 면치 못하는 중인가 보군, 시간을 오래 끌 수

없다고 말하는 걸 보니.'

　상황이 어떻게 돌아가는지는 모르나, 어쨌건 사일러드는 의문의 목소리가 지금 아르키스 에이머와 싸우는 중이라고 생각했다.

　녀석과 싸우는 중에도 자신에게 이런 말을 할 수 있는 여유가 있다는 게 내심 놀라웠지만, 지금 사일러드에게 중요한 사실은 아니었다.

　하지만 사일러드의 말에 그 목소리는 기가 찬다는 듯이 답했다.

　'하, 나 참. 내 말 제대로 못 들었나 보군. 못 끄는 게 아니라 안 끄는 거라고.'

　'……뭐?'

　'곧 내려보낼 거야. 그러니까 그 전까지 검사들부터 흡수해.'

　목소리의 말뜻이 이상하긴 했지만, 어쨌든 한 가지는 확실하다.

　'내려……보내?'

　'쓸데없는 거에 신경 쓰지 말고, 내가 차려 준 밥상이나 먹어 치워.'

　이제 슬슬 상대도 귀찮아지기 시작하는지, 말을 끝맺었다.

　하지만 사일러드는 모든 것을 제쳐 두고서도, 이것만큼은 꼭 알고 싶었다.

'잠깐……!'

'왜?'

'너…… 도대체 누구길래 나를 도와주는 거냐?'

목소리도 들어 본 적도 없는 사람이며, 그의 이름도 모른다.

그런데 왜 자신에게 이렇게 친근감과 애정을 가지고 두 발 벗고 나서서 도와주는지, 당최 그 이유를 알 수가 없었다.

'그건 네가 이기면 알게 되니까, 궁금하면 이겨라.'

목소리는 매몰차게 그 답만 남기고, 더는 들리지 않았다.

"그래…… 뭐, 어찌 됐건. 지금 이것들만 먹어 치우면 된다, 이건가?"

사일러드는 자신의 주위에 몰려 있는 검사들을 살폈다.

옹기종기 모여 있는 상태를 보니, 라이칸을 가득 소환한다면 저들은 발도 제대로 디딜 틈이 없어 보였다.

그리고 검사들 뒤에 사일러드가 잘 아는 얼굴 하나가 있었다.

바로 아르키스 에이머와 함께 자신을 제압하러 왔었던, 가렌트다.

'그래, 저놈…… 저놈이 가장 영양가 있어 보였단 말이야.'

사일러드는 바로 계획을 세웠다.

바로 이 검사들 전부 먹어 치우고 나면, 마지막 식사는 저 검사 가렌트가 될 것이라고.

그렇게 생각하고 실천으로 나서려고 할 때, 가렌트는 이상한 행동을 보였다.

"도대체……! 뭐가 앞을 막고 있는 거야……!"

카앙-!

카앙-!

그는 자신의 마법으로 만든 마검을 허공에 대고 계속 치고 있었다.

'뭐야……? 설마, 결계가 있는 거야?'

사일러드는 조용히 그 행동을 지켜봤다.

겉보기엔 자신의 주위에 모인 검사들과 가렌트는 붙어 있다고 볼 정도로 서로 거리가 가까웠다.

그런데 종잇장처럼 아주 얇은 결계가 사이에 있는지, 가렌트는 계속 허공에 대고 무언가를 치는 행동을 보였다.

심지어 그의 마검은 분명히 허공을 가르는 것에 지나지 않았는데, 아주 단단한 무언가와 부딪힌 듯이, 계속 튕겨 나갔다.

'오호라…… 1분이란 말이 이 뜻이군?'

의문의 목소리가 제시한 시간.

1분은 바로 저 보이지 않는 결계가 지속되는 시간을 말하는 것일 터다.

그렇다면 벌써 10초가 넘게 지났다.

사일러드도 더는 느긋하게 여유를 부리면 안 된다고 판단하고 즉각 실천으로 옮겼다.

비좁은 결계 안을 라이칸으로 가득 채워 버렸다.

"다들…… 정신 바짝 차려라. 공간이 협소하다."

검사들은 즉시 반응하며 서로 등을 맞대며 뭉쳤지만, 이미 좁은 공간이다.

그들은 아예 움직일 수 있는 공간이 없어 가만히 선 채로 검만 휘두르는 꼴에 지나지 않았다.

"아르키스 에이머가 없는 너희들은 나한테 장난감조차 되지 않아."

사일러드는 일망타진하기 위해 좁은 결계 안에 자신이 구현할 수 있는 모든 원소 마법을 구현해 버렸다.

마법에 대해 저항력이 없는 검사들은 반항도 하지 못한 채, 그의 마법에 점점 잠식되어 가기만 했다.

그와 동시에 사일러드는 라이칸들에게 공격을 지시했다.

"크흐으으윽……."

이미 살점이 반쯤은 녹아내린 상황에서도, 검사들은 검을 놓지 않고 날아오는 라이칸들의 발톱을 검으로 쳐 내며 최대한 버티는 중이었다.

'그래, 저런 몸이라면. 탐나지.'

사일러드는 그저 느긋하게 감상만 했고.

"안 돼……!"

가렌트는 그들을 보며 절규했다.

거리상으로 보면 서로 함께 있다고 해도 무방할 정도로 아주 가까운 상태인데, 눈에 보이지 않는 무언가가 막고 있기에 가렌트가 아무런 도움도 줄 수 없었다.

드레드는 마법으로 사일러드를 공격해 보려고 했으나, 어떻게 된 영문인지, 그의 마법은 사일러드에게 닿지 않았다.

정확히 말하면 사일러드를 향해서 똑바로 나아가고 있는 건 맞았으나, 눈에 보이지 않는 그 무언가에 부딪히면서 그대로 소멸했다.

'선배님들…….'

드레드도 그들의 최후를 그저 지켜만 봐야 하는 참담한 꼴에 놓였다.

사일러드는 느긋하게 기다리다가 검사들이 저항할 힘도 없다고 판단되었을 때, 자신의 한쪽 팔을 늑대의 머리로 바꿨다.

"정말…… 오랜만이야."

이런 영양가 있는 식사를 도대체 얼마 만에 하는 것인지 감개무량했다.

그렇게 사일러드는 차례차례 검사들을 느긋하게 먹어 치우기 시작했다.

"사일러드!!"

그럴수록 결계 밖의 가렌트의 절규는 더욱 높아져만 갔다.

검사들이 이미 먹히고 있는 것을 링킹을 통해 확인한 그 순간이다.

뚜둑.

내 안에 무언가가 완전히 끊어진 것 같은 느낌이 들면서 이성적인 생각 따위는 아예 들지도 않았을 때였다.

째앵-!

무언가 깨지는 소리가 났다.

그 소리가 들린 직후엔, 몸이 자유로워진 느낌까지 들었다.

내가 몸의 자유를 머리로 인지하기도 전에.

이번에도 몸이 움직였다.

링킹 속으로 그대로 뛰어든 것이다.

"……너도 방금 봤지?"

에이머가 본래 있던 세계로 돌아간 직후.

칼리토는 그가 있던 자리를 멍하니 바라보며 그의 옆에 있는 정령에게 물었다.

정령은 고개만 천천히 끄덕였다.

"이것도…… 발전이라고 할 수 있나? 어떻게 내 마법을 깨버렸지? 마법으로 한 게 아니라 힘으로 한 거던데?"

칼리토는 생각에 잠겼다.

이것은 마법적인 힘으로 극복한 게 아니라 순수하게 에이머가 가진 물리적인 힘으로만 극복한 모습이다.

"이거 분명히…… 그놈이랑 비슷한 거잖아?"

이런 거, 아주 오래전에 한번 본 적이 있었다.

내게도 재능이 있었잖아

"도통 모르겠네. 어떻게 가능한 거지?"

칼리토는 여전히 에이머가 보인 그 현상을 자신이 알고 있는 이론으로 풀이하려고 했다.

하지만 답은 떠오르지 않은 채로, 여전히 오리무중이다.

칼리토도 이해할 수 없었다.

에이머가 마법을 아예 사용할 수 없는 상태에서 자신이 속박 마법으로 묶어 뒀는데 자력으로 깨고 탈출한 것이었으니까.

그러다 의심이 가는 부분이 있었다.

"하긴, 놈은 마검사. 그 마검사라는 힘의 원천은 아스파나다의 주인에게서 온 건데. 내가 발견 못 한 잠재력 같은 게…… 발현된 건가?”

아스파나다의 서열 1, 2위는 마검사.

아주 오래전, 서열 2위와 싸웠을 때 그의 힘을 아주 미약하게나마 흡수한 적이 있었다.

에이머가 사는 세상에서도 자신이 했던 비슷한 일이 재현된 적이 있었으니, 바로 사일러드가 가렌트의 힘을 아주 조금이라고 하기도 민망할 정도로 극소량 흡수한 것이다.

아스파나다의 마검사들이 다루는 마법은 칼리토와 그가 만든 새로운 생명체들이 다루는 원소 마법이 아니다.

아예 개념이 다른 마법.

마법계의 돌연변이라고 할 수 있었다.

분명히 그들도 한때 지금의 칼리토와 같이 원소 마법을 다루던 자들이었을 것이며, 어떠한 경로로 인해 검술의 힘을 터득하고 검술과 마법이 결합하며 변형을 일으킨 돌연변이종이라고 할 수 있었다.

칼리토도 본래는 마법사들의 발전을 위하여 서열 2위에게 흡수한 힘 전부를 소모해 검사란 부류를 만들었지만, 그의 예상과 달리 그가 만든 세상에선 검사들이 오히려 핍박을 받는 상황이 일어났다.

그래서 예상을 할 수 없었던 것도 있었다.

분명히 그가 알기론 검사의 힘이 마법으로는 어찌할 수 없을 정도로 우위에 있었는데, 정작 그가 만든 세상에선 그렇지 않았으니까.

그런데 에이머를 통해 하나의 가능성을 봤다.

그리고 에이머가 보였던 그 현상은 그가 머나먼 옛날에 서열 2위와 싸우던 그날, 서열 2위가 보였던 모습과 상당히 흡사했다.

"어쩌면 이거 조금 더 지켜봐야 할 수도 있겠는데? 섣부르게 흡수하면 안 되겠어."

칼리토는 오히려 초조한 마음보다는 기쁨이 먼저 들었다.

보아하니, 에이머는 이 힘을 자각해서 사용한 게 아닌 무의식중에 튀어나온 힘으로 보였다.

어쨌든, 그런 잠재력이 있다는 것은 확실하게 확인되었으니 조금 더 묵혔다가 흡수하는 게 자신이 후에 상위 서열에게 도전하러 갔을 때, 훨씬 효과적이라 생각했다.

그러나 그의 옆에 있는 정령은 걱정스럽게 그를 쳐다봤다.

남들이 보기엔 표정이 하나도 없는 얼굴이지만, 정령의 주인 칼리토는 정령의 표정을 읽을 수 있었다.

"뭘 그렇게 걱정해? 설마 내가 질까 봐?"

정령은 천천히 고개를 끄덕였다.

"저 능력을 자신의 것으로 만들기 전에 흡수하면 그만이야. 어차피 에이머나 사일러드 둘 중 하나의 운명은 정해져 있어, 나한테 흡수되도록."

정령과 달리 칼리토는 아무런 걱정도 들지 않았다.

"오, 이제 더 재밌어지겠네. 저거나 보자."

어느덧 링킹 속에선 사일러드가 검사들을 전부 흡수한 직후였다.

그리고 그때에 맞춰 에이머는 사일러드가 있는 곳으로 돌아갔다.

사일러드가 짧은 시간 내에 자신의 주위에 있는 검사들 모두를 흡수한 그 순간.

보이지 않는 결계가 사라졌다.

어떻게 사라진 것인지 알 수 있었냐면, 허공을 향해 연신 휘두르던 가렌트의 마검이 그 순간에는 무언가에 부딪치지 않고 그대로 땅을 내려쳤기 때문이다.

'벌써 1분이 지났나 보군.'

시간이 참 빠르게도 흘렀지만, 상관없었다.

어차피 정해진 시간 안에 주위에 있는 검사들을 전부 흡수했으니까.

사일러드는 곧장 한 가지를 실험했다.

바로 비전력, 원소 마법, 소환 마법 이 세 가지의 결합체인 정령 마법을 소환해 본 것이다.

"크크크크크큭."

역시, 검사들을 흡수하는 게 정답이었을까.

비전력을 사용하려고 할 때 피를 토하던 그의 나약한 모습은 더 이상 없었다.

나약함은 가고 강인함이 찾아왔으니, 그의 뒤에는 세 마리의 정령이 나타났다.

그가 실로 오래간만에 다루는 바람, 어둠, 불 원소의 정령이다.

그리고 사일러드는 한 가지 마법을 더 구현했다.

바로 마검.

지금의 그는 예전과 달리 많은 수의 검사를 흡수하면서, 마검사의 경지에 도달할 수 있는 상태가 되었다.

그 능력을 시험하기 위해 마검을 꺼내 본 것이다.

사일러드는 마검으로 가렌트를 겨누며 말했다.

"자, 네 부하들이 얼마나 쓸모 있었던 존재들인지, 내가 직접 재현해 주마."

"······사일러드."

가렌트도 피하지 않고 바람 원소로 이루어진 그의 마검을 드는 그 순간.

사일러드의 바람 원소 정령이 반응했다.

휘이이이잉.

바람 한 줄기가 불더니, 가렌트가 만든 바람 원소 마검에 닿자 그의 마검은 바람으로 분해되더니 칼바람이 되어 가렌트를 난자했다.

"……크흑."

이건 반응하고 피하거나 막을 수 있는 공격도 아니었다.

그야말로 눈을 잠깐 깜빡인 사이에 일어난 일이다.

가렌트는 순식간에 팔이 너덜너덜해질 정도의 부상이 생기고 말았다.

"아무래도 지금 저자에게 대항할 수 있는 건 저밖에 없는 것 같아요."

피를 흘리는 가렌트를 자신의 몸 뒤로 숨긴 드레드.

그는 대지 원소의 마검을 당당하게 사일러드에게 겨눴다.

"오호, 나한테 없는 원소군."

사일러드는 그런 드레드가 무섭기는커녕 오히려 자신에게 없는 것을 새로이 얻을 수 있다는 자신감과 기대로 잔뜩 젖었다.

그런데 그때였다.

"떨어져! 드레드!"

하늘에서 들린 아르키스 에이머의 목소리.

사일러드는 느긋하게 하늘을 올려다봤다.

하늘에선 에이머가 유성처럼, 빠른 속도로 지상을 향해 수직 낙하 중이었다.

쿵!

사일러드와 드레드 사이에 착지한 에이머는 착지하자마자

마검을 소환하여 사일러드를 향해 겨눴다.

"가렌트, 드레드. 여기에서 벗어나라."

"……."

시선도 주지 않고 진지한 저음으로 말하는 에이머.

가렌트는 그 모습을 보고 약간 혼란스러웠다.

'무슨 일이…… 있었길래 저렇게 화가 난 거야……?'

평소 에이머는 침착하고 감정이 제대로 얼굴이 드러나는 법이 없었는데, 지금은 그렇지 않았다.

노골적으로 살기까지 뿜어 대는 게, 과연 자신이 알던 그 인자한 대마법사 아르키스 에이머가 맞나 싶었다.

"빨리 가라고. 너희들이 낄 수 있는 자리가 아니니까 가서 평민들을 대피시키는 거나 도와."

영문은 모르겠으나, 일단은 그가 시키는 대로 했다.

가렌트는 드레드를 데리고 황급히 자리를 떠났다.

'네가 원하던 게 결국 이거잖아, 칼리토.'

검으로 사일러드를 겨눈 채로, 난 슬쩍 하늘을 쳐다봤다.

지금 이 모든 광경을 칼리토는 링킹을 통해 확인하고 있을 것이다.

그래, 네가 원하던 대로 사일러드는 검사들을 전부 흡수했고, 비전력을 넘어 정령 마법까지 사용할 수 있는 상태가 되었다.

넌 여기에서 도대체 어떤 결과를 얻길 바라는 거냐?

네가 원하는 승자는 도대체 어느 쪽이냐?

나냐, 아니면 이렇게 심혈을 기울여 도와주는 사일러드냐.

분명히 지금도 링킹이 연결된 상태일 거고, 내 생각도 전부 알고 있을 거다.

그런데 칼리토는 굳게 입을 다물었다.

답해 줄 생각이 전혀 없으니 알아서 하고 싶은 대로 하라는, 방관으로 느껴졌다.

"아르키스 에이머. 신이란 게 말이야, 정말 존재하는 것 같더군."

그 와중에 들린 사일러드의 목소리.

완전히 환희에 젖은 상태다.

그는 나를 전혀 두려워하지 않았다.

약 6년 전만 해도 나와 가렌트가 마검을 쥐지 못하도록 의미도 없는 무모한 방해만 하던 그였는데, 지금은 완전히 다른 사람이 되어 있었다.

그리고 그가 말하는 신이란 존재가 누굴 뜻하는지 난 알 수 있었다.

"신이라……."

"그래, 그렇지 않고서야 날 이렇게 적극적으로 도와줄 이유가 있나? 하늘도 감동했나 보군, 나를 어여삐 여기시어 너에게 복수할 수 있는 기회를 다 주시고."

신이 난 사일러드는 평소와 달리 말이 많았다.

"계속 목소리가 들리더군. 그자도 플레우드라던데…… 내가 자각도 하지 못한 상태에서 링킹을 연결한 것만 봐도 너보다 훨씬 강한 플레우드이지 않겠나? 그러니까 신이라고 할 수 있지."

내가 칼리토와 함께 있는 그 순간에도 칼리토는 사일러드에게 링킹을 연결하여 무언가를 전한 모양이다.

하지만 사일러드가 지금 단단히 착각한 것이 있으니 이 싸움에서의 승자는 어차피 갈 곳이 정해져 있다는 것이다.

싸움에서 지든 이기든 우리는 어차피 저승에서 만날 사이라는 것을, 그는 알지도 못하고 있을 게 분명했다.

난 자세를 고치며 생각했다.

'이겨도 죽고, 져도 죽는다. 이 난관을 헤쳐 나갈 수 있는 방법…… 사일러드와 싸우면서 그걸 생각해야 해.'

적어도 칼리토는 사일러드와 마지막 경합을 붙이고 싶다고 했다.

따라서 사일러드와 싸우는 순간에는 안전이 보장된다는 뜻.

가능하다면 이 싸움을 며칠, 몇 달.

혹은 몇 년까지도 지속하고 싶지만, 아쉽게도 사일러드는 그리 만만한 상대가 아니다.

따라서 최대한 시간을 끌며 난 사일러드를 이기고 난 뒤에도 칼리토에게 어떻게 하면 흡수당하지 않을지, 그 방법을 마련해야만 했다.

'힘든 싸움이 되겠어.'

몸은 사일러드와 맞서면서 머리로는 저 위에 있는 칼리토와 맞서야 하니 한 번에 두 가지 일을 동시에 하는 것과 다르지 않다.

그러나 피할 수 있는 방법은 더더욱 없다.

부딪히더라도, 나는 부서지지 않을 그 방법을 찾아야 했다.

자세를 고치자마자 사일러드의 정령이 반응했다.

현재 내 마검은 플레우드로 이루어진 상태.

난 그에 따라 황급히 플레우드 마검에서 사일러드에게 없는 원소인 대지, 물, 빛으로 전환했다.

'일단, 사일러드의 상태가 어느 정도인지 확인한다.'

검사들 다수를 흡수해 버린 상태다.

과연 단순히 흡수한 것만으로도 그가 흡수한 검사들이 숱하게 훈련했던 그 성과까지 고스란히 자신의 것으로 만들었는지, 그것을 직접 확인해야 했다.

사일러드에게 달려들었다.

내 움직임에 맞춰 정령들은 사일러드를 보호하기 위해 각종 원소 마법으로 길을 차단하거나, 내 몸을 향한 직접적인 공격을 쏟아 냈다.

날아오는 마법의 원소에 맞춰, 난 상성인 원소로 방어하며 성큼성큼 사일러드에게 천천히 접근하기 시작했고, 비로소 서로의 마검이 닿을 수 있는 거리까지 도착했다.

지체하지 않고 빠르게 약진하며 사일러드의 심장을 노리며 찌르기를 행했지만.

카앙-!

사일러드는 아주 간단하게 내 움직임에 반응했다.

"오호, 이거 참 신기하군. 몸이 자동으로 움직이는 느낌이야. 이런 느낌은…… 처음 겪어 보는데?"

정말 진심으로 자신에게 감탄한 목소리다.

그 순간 나는 절망적이게도 검사를 흡수하는 간단한 행위하나로 해당 검사가 여태까지 쌓아 올린 훈련의 성과 전부를 자신의 것으로 만들었다는 것을 알 수 있었다.

'칼리토에게 물려받은 흡수하는 재능…… 너무 성가시잖아.'

이렇게 되면 검술로 제압하는 것도 어쩌면 불가능할지도 몰랐다.

'나에게도 저런 재능이 있었으면…….'

그 순간.

새로운 깨달음을 얻듯, 머릿속이 번뜩였다.

'잠깐…… 그런 재능…….'

사일러드가 가진 흡수라는 무지막지한 재능.

내게도 그런 비슷한 재능이 분명하게 있지 않았던가?

여태 사일러드의 흡수만큼이나 돋보이지 않아서 그렇지, 분명하게 내게도 그런 재능.

존재한다.

다만, 내가 여태껏 제대로 활용한 적도 없고, 플레우드와 비전력이란 재능에 가려져서 그런 재능이 있었는지도 나 자신이 망각한 것뿐이다.

동시에 칼리토가 한 말도 떠올랐다.

'나는…… 칼리토가 공들여 만든 생명체.'

공들였다는 뜻은 무엇인가.

다른 평범한 것에 비하면, 최고조로 신경을 썼다는 얘기다.

이 세상과 구성원인 마법사, 검사, 평민 들.

이 요소들 전부 칼리토가 만들어 낸 것들이다.

따라서 이 세상을 기준으로, 평범하다고 치부할 수 있는 건 딱 두 부류.

검술도 마법적 재능도 없는 평민.

그리고 플레우드가 아닌 단일 원소사다.

검사라는 부류 그가 서열 2위와 싸우다가 서열 2위의 힘을 미약하게 흡수한 뒤에 새롭게 만든 부류라고 하였다.

따라서 검사는 존재 자체가 이 세상에선 평범한 부류라고 할 수 없었다.

따라서 검사를 제외하면 칼리토가 가장 공을 들인 내가 제일 특별한 존재.

이 세상의 구성원 전부는 칼리토가 본래 가졌던 힘을 나눠 받은 생명체들.

그러니 가장 공을 들인 나에게는 그가 가진 힘을 남들보다 많이 나눠 주었다는 뜻이 된다.

'그렇구나…… 칼리토가 자신의 힘을 상당 부분 전수해 줘서 그런 일이 가능했던 거였어…….'

나도 여태껏 살면서 어떻게 가능한 일인지 설명할 수 없었던 머나먼 과거의 일화 하나가 있다.

그리고 바로 그것이 사일러드가 가진 흡수의 재능과 맞먹을 수 있는 재능임을 확신했다.

'스승님, 제게 분명히 말씀하셨죠? 저에겐…… 마법을 계속 당하면 해당 마법을 그대로 따라 하는 재능이 있었다고요.'

과연 이 말도 칼리토가 의도한 것인지, 아니면 스승님의 주체적인 생각을 말한 것인지는 모른다.

그러나 명백한 사실은, 내게 그런 재능이 있다는 것이다.

난 그 재능 덕분에 링킹을 터득할 수 있었고, 이후 본격적인 대마법사 후계자 수업을 들을 수 있었다.

따라서, 그것이 사일러드가 가진 흡수의 재능과 대적할 수 있는 나의 마지막 남은 찬스다.

'성공 확률이 희박한 도박이지만…… 그것 말고는 방법이 없다.'

이것이 성공만 한다면, 사일러드 이후에 칼리토와 대적할 때도 돌파구를 찾을 수 있을 것이리라.

성공 확률은 장담할 수 없지만, 훗날을 위해서라면 기댈 수 있는 것은 위험한 이 방법밖에 없었다.

어차피 사일러드를 다시 제압한다고 해도, 칼리토의 손에 의해 사라질 앞날이 기다리고 있다.

할 수 있는 최소한의 반항이라도 하는 것.

그것만 놓고 보면 기도할 가치는 충분했다.

'해 보자.'

떨리고 무섭긴 했지만, 마음을 애써 다잡으며 나는 마검을 없앴다.

"뭐야? 포기한 거야?"

역시나, 사일러드는 여전히 거만함에 찌들어 내 행동의 이유를 살피지 않고, 승기를 다잡은 모습이다.

'저것만으로 충분해.'

난 그대로 맨몸으로 사일러드와 바짝 붙었다.

"이봐, 사일러드. 넌 원래 오래전부터 날 먹어 치울 생각 아니었나?"

"오호, 내 마법도 맨몸으로 깨고 가더니 자신감이 꽤 붙었나 본데? 안 그래?"

한편, 칼리토는 사일러드와 에이머가 서로 격돌하는 순간을 아스파나다에서 느긋하게 지켜봤다.

그러다 문득, 그의 시선이 간 곳이 있으니 바로 옆에 나열된 그가 만든 다른 세상들이다.

총 여덟 개의 제단.

각각의 세상에선 칼리토가 별도로 설정한 이치를 따른다.

불 원소가 제일 강한 세상, 소환사가 제일 강한 세상 등등.

어차피 이 모든 마법은 칼리토로부터 시작된 것이기에, 이렇게 유도하는 것도 그다지 어렵지 않았다.

제단에 있는 책은, 칼리토에게 있어서 어항 속 물고기나 다름없다.

저 세상 속에 사는 각각의 마법사들은 칼리토가 먹이를 주지 않으면 그대로 굶어 죽을 수도 있고, 생각이 바뀌어 세상을 그대로 소멸시키면 한 줌의 재로 변할 수도 있다.

이런 일을 지속하는 긴 시간 내내, 그는 연민이나 양심의 가책 같은 그런 감동적인 감정을 단 한 번도 느낀 적이 없다.

왜냐, 어차피 저들은 본래 존재했던 자들이 아니기 때문이다.

칼리토가 아스파나다의 주인이 되기 위해 마법의 발전을 이룩하고자 고안한 그만의 발전 방법.

오히려 자신이 아니었다면, 저들은 생명이란 걸 가져 볼 기회조차도 없는 것이나 다름없었다.

칼리토는 플레우드가 가장 강한 세상을 제외하고 쭉 훑었다.

저쪽도 저쪽 세계 나름대로 에이머가 있는 세상의 사일러드와 똑같은 희대의 재앙이라 불리는 마법사들이 존재한다.

그저 그것이 사일러드처럼 소환사와 어둠 원소의 더블 캐스터가 아닐 뿐이다.

"아무리 생각해도 저것들은 필요 없겠지?"

기나긴 실험이 드디어 종지부를 찍는 느낌이었다.

그간 칼리토가 흡수할 재료가 가장 많이 나온 세상은 플레우드가 가장 강한 세상이 아닌, 다름 아닌 불 원소의 세상. 그다음이 소환사가 강한 세상이다.

그가 여태껏 흡수한 자신의 생명체를 비율로 따지면, 불 원소, 소환사, 플레우드 순서로 5 : 3 : 2다.

솔직히 칼리토는 이번에도 불 원소의 세상을 많이 기대했지만, 결과는 기대한 대로 나오지 않았다.

바로 불 원소에는 에이머가 있는 세계의 에타르가 터득했던 그 경지처럼, 상성 따위는 존재하지 않고 모든 것을 멸(滅)

하는 어느 원소 마법과도 견줄 수 없는 무시무시한 잠재력이 있으니까.

바로 아스파나다의 서열 1위 마검사가 바로 그런 불을 다루는 마검사다.

칼리토는 에이머의 세상을 감시하면서 에타르에게도 조금 기대를 걸었다.

완전히 버린 카드였는데, 의외로 선방하면서 기대를 사기에 충분한 행동을 보인 인물이었던 탓이다.

그도 그럴 것이 그는 사일러드와 둘이 남겨졌을 때, 사일러드의 얼굴에 꺼지지 않는 화염을 남긴 장본인.

칼리토는 플레우드가 가장 강한 세상에서, 그런 경지에 다다른 마법사가 나올 거라고 생각도 하지 않았다.

게다가 에타르에게는 그런 재능을 부여하지도 않았다.

따라서 에타르도 칼리토의 입장에선 에이머와 같은 돌연변이라고 할 수 있었다.

하지만 결국, 그는 스스로 산화하였고.

칼리토의 기대는 작은 해프닝에 지나지 않게 되었다.

그래서 이제 더는 다른 세상을 지켜볼 필요가 없다고 생각했다.

이유인즉슨, 에이머는 칼리토가 만든 다른 세상과 비교했을 때 저만한 돌연변이가 또 나올 수 없기 때문이다.

마검사라는 부류를 처음으로 적용하고, 그것을 연구한 세상.

그곳은 에이머가 있는 세상이 유일하다.

게다가 그런 발전을 이룬 장본인은 방금 자신의 마법을 무력으로 깨는 기이한 행보까지 보였으니, 그가 바로 칼리토가 그토록 원하던 재능을 소유한 생명체였다.

칼리토는 그 생명체, 즉 에이머가 아스파나다 중앙으로 가는 열쇠라고 확신했다.

"괜히 이것들을 유지하면서 힘 뺄 필요는 없지."

칼리토는 결정을 굳혔다.

바로 에이머가 있는 세상을 제외하고 나머지는 전부 없애기로.

한 번에 여덟 개의 세상을 운영하는 것은 제아무리 세상의 창조주 칼리토라 하더라도 상당히 힘에 버거운 일이다.

그가 만든 세상 역시 둠 리포졸과 마찬가지로 지속 마법이기 때문이다.

만들어 놓으면 알아서 흘러가는 게 아닌, 계속 마력으로 조절하며 감시해야 했기에 그가 가진 힘의 소진이 가속도가 붙어 상당히 빠른 속도로 고갈되어 가는 위험한 일이었지만, 아스파나다 중앙으로 가겠다는 일념 하나로 꿋꿋이 버텨 온 것이었다.

"그렇지?"

칼리토는 마지막으로 정령에게 물었다.

정령은 늘 그렇듯, 고개만 끄덕일 뿐이었다.

그렇게 천천히 가장 쓸모없는 세상부터, 칼리토는 정리하기 시작했다.

제일 먼저 시작한 것은 대지 원소다.

그렇게 차례차례, 세상을 정리하던 중이었다.

콰앙-!

쾅!

그가 있는 도서관의 출입문이 심하게 요동쳤다.

이는 외부에서 내부로 들어오기 위해 힘을 이용해 억지로 뚫을 때 발생하는 현상이다.

그것을 더욱 정확하게 풀어서 말하면.

칼리토보다 서열이 낮은 자가 도전하러 왔다는 뜻이다.

"왜…… 지금……?"

시기가 이상하게 맞물리기 시작한다.

칼리토는 곰곰이 생각했다.

자신의 마지막 전투가 언제일까?

그 전투가 바로 자신이 서열 3위일 적에 2위에게 도전하러 갔다가 패배하고, 연달아 밑의 서열의 자들이 도전하는 바람에 5위까지 추락한 날이었다.

하지만 너무나도 오래된 과거의 일이기에 칼리토는 정확히 기억나지 않았다.

"……넌 기억해?"

정령에게 묻자, 정령은 유유히 움직여 새로운 책을 그에게 가져다줬다.

다급하게 책을 확인한 그는 탄식을 내질렀다.

"쯧, 하필이면 왜 이때……! 벌써 2,000년이나 넘었다고?"

도전자가 도전하는 시기는 밑의 서열에 있는 자가 정한다.

따라서 도전을 받는 자는, 그 시기가 언제가 될지 모른다.

그렇다 보니 이 세상에선 이렇게 통보도 없이 어느 날 갑자기 쳐들어오는 것이 아주 당연했다.

하지만 여태 자신이 가진 마법의 발전에만 몰두한 나머지, 도전자들에 대한 경계가 소홀해진 것이었다.

"시기가 너무…… 안 좋은데."

자신보다 한 서열 낮은 6위의 도전일 것이다.

녀석과의 전투에서 질 거란 생각이 들진 않지만…… 칼리토가 걱정하는 이유는 따로 있었다.

'저 녀석이 눈치채고 저거에 손을 대면…… 골치 아파지는데.'

도전자는 칼리토가 지금 어떤 방법으로 마법을 연구하며 힘을 키우고 있는지 잘 알고 있기 때문이다.

"최대한 진입을 막아! 왜 하필 이럴 때 오는 거야……!"

절대 우연의 일치가 아니다.

분명히.

누군가가 귀띔을 해 줬을 가능성이 크다.

그리고 그 범인은.

아스파나다의 중앙에 있는, 서열 1위이자 이 세상의 주인인 그 마검사밖에 없었다.

왜냐, 이 세상의 주인의 자리인 중앙에선 밑의 서열이 무엇을 하고 있는지 감시할 수 있는 것들이 있으니까.

'고작 5위인 나를 경계하는 거냐……? 왜? 내 발전이 그렇게 무서웠어? 이렇게 시기 좋게 분탕질을 다 하게?'

칼리토는 원망스러운 눈빛으로 천장을 올려다봤다.

칼리토가 에이머가 사는 세상을 지켜보는 것처럼, 아스파나다의 주인도 지금 똑같이 자신을 지켜보고 있을 것이니까.

정령을 입구를 막으러 보낸 뒤, 칼리토는 초조하게 링킹을 지켜봤다.

둘 다 이제 마검사가 되었으니, 누가 이기든 상관없다.

이긴 자를 곧장 여기로 불러와 자신이 흡수한다.

정령은 그때까지 시간만 벌어 주면 되는 것이다.

다만, 계획은 확실하지만, 여전히 칼리토가 불안한 것이 하나 있었다.

과연 아르키스 에이머가 승리하기까지 얼마나 많은 시간이 걸리느냐다.

"제발……."

칼리토는 두 손을 꼭 모으며 기도할 수밖에 없었다.

콰앙-!

퍼엉―!

그와 동시에 그가 있는 도서관의 입구가 부서지고, 드디어 도전자가 정체를 드러냈다.

"안녕~? 너 되게 재밌는 거 하는 중이라며? 구경 왔어. 좋은 건 같이 봐야지."

입구에선 명랑한 여성의 목소리가 들렸다.

"……기분 나쁜 년."

바로 아스파나다의 서열 6위 마법사 세라스의 등장이었다.

"……뭐?"

내 물음에 사일러드는 잠깐 당황한 모습을 보였다.

난 팔을 걷어 맨살을 보이며 그에게 호기롭게 말했다.

"먹어 봐. 날 먹으면 플레우드가 되니 네가 가장 강한 마법사가 될 수 있잖아?"

도박의 시작이다.

"……또 무슨 수작을 부리려는 거냐?"

사일러드는 행동으로 바로 옮기지 않았다.

오히려 내가 마검을 버리고, 맨몸으로 달려드는 것을 보고 노림수가 있다고 간파한 것이다.

'역시, 쉬운 상대는 아니지.'

내가 거는 도박은 사일러드가 날 먹어야 한다.

난 마법을 따라 하는 재능이 있다.

다만, 단점으로는 그 마법을 눈으로 보고 바로 따라 하는 게 아닌, 당하고 있어야 한다는 점.

그래서 일부러 사일러드에게 흡수당할 것이다.

그러면서 사일러드가 어떤 식으로 대상을 흡수하는지 파악하는 것.

최대한 사일러드에게 완전히 먹히지 않도록 반항하며, 그 순간에 흡수 능력을 파악하고 따라 할 생각이었다.

따라서 이 도박의 전제 조건은 사일러드가 날 흡수하는 것이 시작이다.

"네가 뭘 원하는지는 모르나, 원하는 대로 하게 놔두진 않는다!"

사일러드는 검을 크게 휘둘렀다.

난 그의 움직임을 보고 가볍게 피하고 주먹으로 턱과 가슴을 가격하면서 신경을 자극했다.

'하기 싫다면, 분에 못 이겨 억지로 하게 만든다.'

사일러드는 검사들을 흡수하면서 비전력까지 사용할 수 있는 몸을 갖추고, 검사들의 수련 성과도 흡수했지만.

역시나, 결정적인 단점은 여전히 존재했다.

바로 방금 흡수한 것이나 다름이 없기 때문에 몸이 완전히 적응하지 못했다는 것.

이것은 그가 꼭대기 철문에서 봉인이 막 풀리고 헤이, 키에나, 쿠로를 흡수했을 때 비전력을 남발하면서 잠시 제약에 걸린 상황과 똑같다.

그리고 육체로 하는 싸움이라면, 내가 사일러드보다 우위에 있다.

사일러드는 어떻게든 나를 떼어 놓기 위해 정령을 조종하며 안간힘을 썼지만, 상성인 마법으로 방어하면서 난 거머리처럼 계속 붙었다.

퍽-!

으직-!

사일러드의 코를 쳤을 때였다.

그의 코에서 나무가 부러지는 것만 같은 둔탁한 소리가 터졌다.

그와 동시에 콧구멍에선 선명한 붉은색의 코피가 흘렀다.

"크흑……!"

"언제까지 버틸 수 있나 보자."

사일러드는 이런 난장판인 전투를 처음 겪겠지만, 난 아니다.

가렌트와 한창 훈련할 때도, 이런 건 숱하게 겪었다.

무기가 없으면 맨손으로 하는 검사들만의 전투.

역시, 사일러드는 이제 막 흡수한 참이라 제대로 응용하질 못했다.

"아르키스 에이머!"

이대론 불리하다고 판단했는지, 그는 자신보다 육체 활용도가 더욱 높은 학생 모습의 신물들을 다수 꺼내기 시작했다.

그러면서 자신은 그 신물들 사이에 꼭 숨었다.

"소용없어."

드드드득—!

대지 원소를 이용해, 사일러드가 소환한 학생 모습의 신물을 전부 묶어 두고 난 뒤에 터트려 그대로 소멸시켰다.

역시, 사일러드에게 없는 원소로 대응하니 원소의 수호신이라 불리는 정령이 있어도 무방비 상태가 되었다.

사일러드는 지금 상황만 놓고 보면 확실히 나보다 약한 상태지만, 그렇다고 예전처럼 숨통을 아예 끊을 수 없다.

그는 지금 내게 필요한 걸 가지고 있으니까.

그것을 얻기 전까진 계속 이런 방식으로 흘러가야 했다.

사일러드도 정면 승부는 답이 없다고 판단했는지, 이젠 평민들이 밀집된 곳으로 향하기 시작했다.

그런데 그 순간이었다.

티잉—!

"끄윽!"

사일러드가 도망치려고 한 그 순간, 그는 보이지 않는 무언가에 부딪치면서 내 쪽으로 튕겨 왔다.

'……뭐지? 난 아무것도 안 했는데.'

이것은 분명히…….

칼리토가 한 짓이다.

사일러드가 검사들을 흡수하기 편하도록, 그가 만들어 놓은 비좁은 결계.

그것이 다시 나타났다.

'칼리토, 넌 또 뭘 원하고 있는 거냐?'

이젠 갑자기 나를 위해 이런 결계를 펼치는 게 의아했다.

도통 속을 알 수 없는 마법사다.

그러던 순간이었다.

'그래도 사일러드가 검사들을 전부 흡수했군…….'

느닷없이 칼리토의 목소리가 울렸다.

이건 분명히 링킹으로 말하는 것이다.

수상한 건, 그가 내게 무언가를 지시하는 것이 아니라 혼잣말하는 것 같았다는 점이다.

뭐가 어떻게 흘러가는 중일까?

난 칼리토의 링킹에 답하지 않았다.

지금 칼리토의 목소리가 나와 말할 때와는 달리, 상당히 경직된 것이 무슨 일이 벌어진 듯했다.

아무래도 실수로 보였다.

그 위대한 마법사 칼리토가 실수할 정도의 상황이라.

도대체 아스파나다에 있는 칼리토에겐 또 무슨 일이 벌어진 걸까?

　칼리토의 목소리가 이어졌다.

　'기다리고 있을 시간 없다. 한 명의 승자가 나오도록 만들어야 해. 시기가 정말 꼬이는군……. 하필 왜 이때 주기가 돌아와 가지고…….'

　이번엔 난처한 목소리다.

　'잠깐…… 주기?'

　세라스.

　아스파나다의 서열 6위 마법사로, 그녀는 빛 원소사다.

　그러나 빛 원소사라는 건 어디까지나 에이머가 사는 세상에서 내려진 정의.

　그녀는 아스파나다에서 '천상의 마법사'라고 불린다.

　에이머가 사는 세상에선 마법을 원소에 대입했다면, 이곳은 자연에 대입한다.

　천상이란 하늘에 존재하는 모든 것을 다루는 마법사.

　번개, 돌풍, 구름 등등.

　그 모든 요소의 주인이다.

　그녀가 등장하자마자 칼리토가 있는 도서관 천장엔 검은

먹구름이 잔뜩 드리웠다.

칼리토는 경계하며 그녀의 눈초리를 살폈다.

'내 제단을 보고 있다…….'

먹구름이 드리워진 것과 동시에 세라스의 두 눈동자는 흰자만이 하얗게 빛나고 있었다.

이것이 세라스가 마법을 구현할 때의 본모습이다.

세라스는 준비가 끝난 즉시, 먹구름에서 벼락 다발을 내리쳤다.

콰드드득-!

그녀가 노린 것은 바로 칼리토의 제단이었다.

"막아!"

칼리토는 정령으로 겨우 제단을 보존할 수 있었다.

'……나를 노리는 게 아니라 내 제단을 노리다니. 다 알고 있는 건가? 어떻게?'

칼리토는 방금 세라스의 행동이 이해가 되질 않았다.

칼리토에게 있어서 제단은 힘의 원천과 같다.

제단 속의 세상에서 사는 생명체들이 극한까지 발전하면 이곳으로 불러와 흡수해 그들의 지식을 칼리토 자신의 것으로 만들었으니까.

본래 에이머가 있는 세상만 남겨 두고 전부 파기할 생각이었지만, 그렇다고 세라스에게 파괴당해선 안 됐다.

제단도 처음부터 칼리토의 마력을 이용해 만든 물체.

따라서 제단 전부가 칼리토의 마력을 쪼갠 간이 마력 저장소라고 할 수 있었다.

자신이 폐기하면 저 제단을 만들었을 때 사용한 마력이 자신에게 돌아오지만, 세라스가 파괴해 버리면 사용했던 마력을 회수하지 못하고 그대로 소멸하기 때문이다.

칼리토는 정령으로 세라스의 공격으로부터 제단을 지키면서 차근차근 제단들을 정리하기 시작했다.

"그렇게는 안 되지."

그러자 세라스는 공격 대상을 제단에서 정령으로 바꾸었다.

콰드드득—!

이번엔 강력한 번개 한 줄기가 정령을 때렸고, 정령의 표면엔 검은 연기가 피어올랐다.

에이머가 사는 세상이라면, 플레우드가 아닌 마법으로는 플레우드 정령을 공격하기는커녕 아예 마법을 구현할 수도 없다.

그러나 그것은 에이머가 사는 세상에서나 적용되는 이치.

이곳 아스파나다에 서식하는 각 세계의 주인들이 사용하는 마법은 그런 이치가 처음부터 없다.

그것은 어디까지나 칼리토가 자신이 만들 세계의 구성원들에게 제약을 주고, 어디까지 발전할 수 있는지를 실험하기 위한 방법에 지나지 않았기 때문이다.

칼리토는 세라스를 견제하면서 슬쩍, 에이머의 상황을 살폈다.

'그래도 사일러드가 검사들을 전부 흡수했군…….'

그나마 다행이었다.

대부분이 의도한 대로 흘러갔으니까.

하지만 계획의 수정은 불가피했다.

'기다리고 있을 시간 없다. 한 명의 승자가 나오도록 만들어야 해. 시기가 정말 꼬이는군……. 하필 왜 이때 주기가 돌아와 가지고…….'

승자가 결정되어야만 에이머가 있는 세상까지 정리하고 사용했던 모든 마력을 회수함과 동시에 승자를 흡수하면서 귀찮은 세라스를 간단하게 쫓아낼 수 있었기 때문이다.

'빨리…… 결정 나라.'

칼리토의 모든 신경이 에이머가 있는 세상에 집중되었던 그때였다.

퍼엉-!

무언가가 터지는 소리가 났다.

"하나 파기 완료고."

세라스가 그의 제단 하나를 터트려 버린 것이다.

'……그래도 괜찮아. 가장 쓸모없는 제단이야. 에이머가 있는 세상과 불 원소, 소환사 세상. 이 세 개만 흡수하면 된다.'

처음부터 손해 감수 없이 전부를 온전하게 회수하겠다는 안일한 생각은 하지 않았다.

따라서 칼리토는 최대한 버티며, 가장 필요한 세상만이라도 회수하기로 마음먹었다.

'저 제단만 아니었으면…… 저렇게 기고만장하지도 못할게.'

에이머와 사일러드의 싸움에서 승자가 확실히 정해지면, 이 치욕을 몇 배로 돌려주겠노라고 다짐한 칼리토였다.

❦

주기란 단어는, 분명히 아스파나다의 세상에서 상당히 중요한 단어다.

밑의 서열에 있는 자가 위의 서열자에게 도전하는 전투를 일컫는 말.

그리고 그 주기는 하위 서열자가 정한다.

칼리토에게는 공교롭지만, 나에게는 하늘이 도운 순간이다.

내가 이곳으로 내려오자마자 누군가가 도전하러 왔다는 뜻이기 때문이다.

이 상황을 최대한 이용해야 했다.

사일러드도 이제 도망칠 곳이 없다고 판단했는지 마검을

단단하게 잡고 나와 맞섰다.

"신이…… 이제 네 편이 되었다는 거냐?"

사일러드의 반응을 보니, 그에게는 칼리토의 목소리가 들리지 않은 듯했다.

그래서인지 그의 눈빛엔 원망만이 가득했다.

그가 신이라고 믿는 자, 칼리토.

칼리토는 분명히 의도적으로 그를 도와줬지만, 지금은 도리어 자신을 괴롭힌다고 생각하는 모양이다.

"신이란 건 없어."

난 성큼성큼 걸어 사일러드와 바짝 붙었다.

사일러드는 자신의 특기인 라이칸과 학생 모습의 신물을 다시 한번 꺼내려고 했지만.

퍼버버벙―!

원체 우리가 갇힌 결계가 좁은 탓에, 그가 소환한 신물이 결계에 닿은 순간 전부 터지며 사라졌다.

"이렇게 되면 정면 승부밖에 답이 없지 않나?"

"너…… 무슨 꿍꿍이인지는 모르겠지만, 네가 생각한 대로 되진 않을 거야."

자신의 특기까지 막혀 버린 순간이기 때문일까.

사일러드도 이제 마검을 버렸다.

그리고 그의 한쪽 팔을 늑대의 머리 모양으로 변화시켰다.

"그래, 해보자고."

"아르키스 에이머!"

이번엔 사일러드가 먼저 달려들었다.

내게 저돌적으로 돌진하는 그 순간에도.

난 피할 생각은 없었다.

오히려 몸으로 받아 낼 생각만 가득했다.

사일러드는 늑대의 머리로 변한 팔을 앞세우며 뛰어왔다.

'좋아.'

난 맨팔로 그의 늑대 머리와 맞섰다.

그렇게 우리의 팔이 이제 서로 닿는 거리까지 가까워졌을
때다.

푸욱—!

늑대의 머리에 달린 날카로운 이빨들이 내 피부를 파고들
었다.

푸숫—!

동시에 옅은 핏줄기가 터지며.

"크흑……."

통증도 시작되었지만, 정신은 바짝 차렸다.

'무조건…… 집중해야 한다. 어떤 식으로 하는 건지 알아
내야 해, 흡수의 개념을…….'

사일러드의 두 눈동자를 똑똑히 쳐다봤다.

"너는 제법 버티는구나…… 아르키스 에이머……. 맨손으
로 맞선 게 이걸 의도하기 위함이냐?"

사일러드도 내 노림수는 이미 눈치챘지만, 그렇다고 하지 않을 수 없는 상황에 놓였기에 강행한 것.

그는 내가 무슨 계획을 세웠건, 나를 말끔하게 먹어 치우겠다는 생각으로 보였다.

"어, 그래."

시야가 간헐적으로 흐릿해졌다.

동시에 내 몸 안에선 뭔가가 꿈틀거리는 것처럼, 이질감이 잔뜩 들었다.

이것이 아무래도 흡수의 시작으로 보였다.

'자, 본격적으로 보여라, 사일러드. 칼리토에게 물려받은 재능, 흡수를.'

이제 정신만 바짝 차리면 된다.

도박의 연속

몸 안에서 확실히 무언가가 느껴졌다.

정확히 말하면 뭔가가 내 몸 안에서 꿈틀거리는 느낌이다.

사일러드에게 물린, 팔에서부터 그 느낌이 시작되었다.

'이런 식으로 하는 건가?'

그 불쾌한 기분에, 사일러드의 마력이 들어왔다는 것을 알 수 있었다.

그러나 이상했다.

분명히, 사일러드가 상대를 흡수하던 방법은 그저 무식하게 먹어 치우기만 하는 방식이었다.

하지만 지금 내게 행하는 방식은 내가 알고 있던 것과 달랐다.

얼마간 몸 안에서 꿈틀거리던 그 느낌이 팔을 넘어 몸 전체로 퍼져 나가더니 무언가에 물린 것처럼 피부의 어느 한 지점이 간지러워지기 시작했기 때문이다.

그 감각은 곧 팔 전체로 퍼져 나가며 해괴한 증상을 일으켰다. 바로, 라이칸의 몸에 난 것과 같은 굵은 털이 나는 것이었다.

'도대체 어떤 방식인 거지……?'

그때 사일러드가 의기양양하게 말했다.

"넌 마법적으로 봤을 때 네 스승보다 낮지. 따라서 신중하게 먹을 놈이야."

이젠 목이 답답해졌다.

이 답답한 이유를 느낌으로 알 수 있었다.

사자처럼, 목에 갈기가 나면서 갑자기 체온이 확 올라갔기 때문이다.

난 몸에 일어나는 이 변이를 최대한 막으려고 했지만, 변이 속도에 변화는 없었다.

'그렇구나. 이 방법은 취식하는 것이 아닌 나를 라이칸으로 변이시키는 것.'

소환 마법으로 그런 것까지 가능할 줄은 몰랐다.

이것 역시 정령 마법까지 다루는 사일러드만의 특이한 방식인 것은 확실하다.

그런데 그는 왜 나를 라이칸으로 변이시키는 걸까?

내 변이가 완전히 끝나면 그가 다루는 주력으로 다루는 라이칸처럼 내가 자동적으로 사일러드의 부하가 되기 때문일까?

그런 뒤에 나를 마음대로 부리기 위해?

그건 아닌 것 같다.

사일러드에게 플레우드란 재능은 꼭 필요하다.

따라서 내가 가진 능력을 자신의 것으로 만들어야만 하는 처지다.

부하란 존재는 어디까지나 자신의 소유가 맞는 것이긴 하나 부하가 가진 능력은 그 부하의 것이지, 사일러드의 것이 되는 게 아니다.

결국, 사일러드는 나를 흡수해야 한다.

지금 나를 라이칸으로 변이시키는 건 그 흡수를 실패하지 않기 위한 하나의 안전장치로 보였다.

상황이 어느 정도 파악되자 나는 더 이상 변이에 대해 저항하지 않았다.

어쨌든, 이 변이의 끝엔 사일러드가 나를 완벽히 흡수하는 일만 남았다.

그때를 기다려, 그가 가진 재능을 따라 할 생각이었다.

"네가 하고 싶은 대로 해 봐. 할 수 있을지 모르겠지만."

난 사일러드의 의욕을 더욱 불태우기 위해 도발의 한마디도 남겼다.

사일러드는 답 없이 그저 나를 노려보기만 했다.

✿

콰르르륵─!

퍼엉!

"하난 끝났고."

칼리토의 제단 하나가 세라스의 공격을 받고 터져 버렸다.

그나마 다행인 것은, 칼리토가 가장 중요하게 생각하는 제단이 아니라는 것이다.

잃어도 크게 타격이 없는 제단이었다.

'이상해…… 세라스는 원래 이런 녀석이 아니었다고.'

하지만 이제 칼리토는 다른 의문이 들었다.

세라스는 오랜 기간 동안 서열 6위에 머무른 마법사.

칼리토처럼 서열 3위에 있다가 떨어진 게 아니다.

서열 6위에서 단 한 번도 상위 서열로 올라온 적이 없는 마법사였다.

그런 마법사인데, 어째서 자신이 계속 밀리는 중일까?

심지어 방금 제단이 터져 나갔을 때도, 칼리토는 미처 반응하지 못했다.

'아무리 내가 제단을 여덟 개나 만들어서 많이 약해진 상태라곤 하지만…… 그렇다 하더라도 세라스의 수준은 내가

생각한 것 이상이야.'

한때 서열 3위에 군림했던 칼리토다.

그런 그가 서열 6위에 빌빌대고 있는 이 상황을 납득할 수는 없었다.

그때 세라스가 말했다.

"그렇지? 이상하지?"

조급한 칼리토와 달리, 세라스의 목소리는 태평함이 가득했다.

"분명히 난 너보다 훨씬 약한 존재인데, 네가 도리어 밀리고 있으니까. 납득할 수 없지? 네가 약해진 건지, 내가 강해진 건지 분간도 안 갈 정도로."

생각을 완전히 읽혔다.

이것은 링킹을 이용해 읽은 건 아니다.

그저 표정만 보고도 생각을 유추해 낼 정도로, 칼리토가 조급함으로 가득했던 것뿐이다.

"2,372년."

세라스의 입에서 나온 숫자.

칼리토에게 낯선 숫자가 아니다.

바로 세라스가 이곳에 처음 쳐들어왔을 때, 정령이 보여준 기록 문서에 적힌 숫자이기 때문이다.

"네가 서열 5위로 추락한 기간이지."

그것은 바꿔 말하면, 아스파나다가 소강상태였던 기간을

뜻하기도 했다.

"넌 그 기간 동안 열심히 재기를 꿈꿨잖아?"

"갑자기 그 얘기를 왜 하지……?"

"그 노력이란 거, 너만 한 거겠어?"

"……."

그렇다.

소강 기간 동안 칼리토만 아스파나다의 주인이 되기 위해 각종 연구를 한 게 아니다.

아스파나다에는 총 여덟 명의 주인이 있다.

그 주인들도 그렇게 긴 시간 동안 절대 놀고만 있는 자들이 아니란 거다.

"성장이란 건 일방적으로 이루어지지 않거든. 뭐 하나 알려 줄까? 네가 지금 왜 나한테 밀리는지."

콰드드득-!

펑!

그사이 제단 하나가 또 터져 나갔다.

이로써 남은 제단은 여섯 개.

다행인 것은 플레우드, 불 원소, 소환사의 세상을 담은 제단은 아직 무사했다.

세라스는 이어서 말했다.

"네가 패배한 그날, 나한테 이런 게 오더라고?"

세라스는 자신의 마법으로 두루마리 양피지를 꺼내 펼쳤

다.

2,372년 전에 온 것이다.

칼리토는 조용히 눈으로 읽었다.

그것은 아스파나다의 주인 서열 1위가 보낸 공문 같은 것
이었다.

서열 3위였던 칼리토의 힘은 내가 예상한 것보다 강했다.

난 서열 2위와 그가 싸우는 모습을 지켜봤기에 알 수 있었
다.

분명 서열 2위가 방심했다면 아마 지금 칼리토는 서열 2위
였겠지.

다들 궁금하지 않은가?

칼리토가 서열 2위까지 넘볼 수 있었던 비결이.

이 비결은 곧 그가 아스파나다의 주인 자격도 가질 수 있다
는 걸 증명한 것이나 다름없다.

그는 정말 독특한 방식으로 자신의 힘을 증강시켰더군.

이것만 알면 너희들도 상위 서열로 올라올 수 있다.

인자한 이 세상의 주인이 너희에게 주는 선물로 받아들여라.

그러면서 그 밑에는 칼리토가 행한 방식이 고스란히 적혀
있었다.

제단을 이용한 방법이다.

서열 1위는 칼리토가 개발한 비법을 칼리토보다 낮은 서열의 주인들에게 전부 알려 줘 버린 것이었다.

　'세라스도 그 기간 동안 저걸 따라 했다는 건가?'

　이렇게 되면 세라스가 왜 버거워졌는지, 알 수 있었다.

　그저 제단 여덟 개나 펼쳐서 힘이 약해진 것이 아니라 정말 그녀의 힘이 칼리토가 알고 있던 수준보다 훨씬 높아져서 버거웠던 것이다.

　"네 방식 확실히 신기하지만, 그렇다고 또 쉽게 따라 할 순 없더라고? 결정적으로 나는 너처럼 그런 정령을 소환하는 소환사가 아니니까."

　"……그런데 어떻게……?"

　"뭐, 나만의 방식으로 바꾼 거지. 네가 개발한 그 방식을 최대한 따라 하면서."

　정확히는 모르겠으나, 어쨌든 세라스는 칼리토가 여태 해 왔던 것을 모방하여 자신만의 방식을 발견하고 힘을 증강시켰다는 것만은 확실하다.

　'서열 1위…… 일부러 이 세상에 혼란을 가져다줬군.'

　그리고 아스파나다의 주인이 왜 이런 짓을 했는지도 알 수 있었다.

　획기적인 방법을 하위 서열자들에게 알려 주고.

　그들에게 희망을 심어 주기 위한 것.

　그렇게 되면 하위 서열자들도 상위 서열로 진입하고, 아스파나다의 주인이 될 수 있다는 생각을 가지게 된다.

서열 1위는 일부러 난전을 만든 것이다.

하위 서열자들이 싸우면, 그 기간 동안 자신의 자리는 건재하니까.

그걸 노리고 방법을 알려 준 것이 분명하다.

그리고 이것이 아스파나다의 주인만의 특권이라고 할 수 있었다.

이 세상의 주인만이 하위 서열자들이 무엇을 하는지 감시할 수 있고, 하위 서열자들에게 저런 공문도 보낼 수 있다.

'서열 2위도 분명히 이 방법을 따라 했을 거야…….'

칼리토는 아찔한 생각이 들었다.

이렇게 되면 그가 서열 2위에게 도전할 수 있는 기회는 어쩌면 영영 존재하지 않을 수도 있었기 때문이다.

'나중 일은 일단 나중에 생각하고…… 세라스부터 처리한다.'

칼리토는 슬쩍 플레우드 세상을 확인했다.

아직도 결판이 나지 않은 상태다.

그런데 아르키스 에이머의 모습이 다소 이상했다.

'잠깐만, 저거…… 사일러드가 과거에 했던 것 중 하나잖아'

아주 오래전에 저런 것과 비슷한 현상을 본 적이 있었다.

'미완성인 마법이라고 생각했는데……. 아닌가……? 충분

히 효력이 있던 건가?'

그 순간, 칼리토는 생각이 번뜩였다.

'그렇다면 나도……?'

버거운 세라스를 떨어트릴 수 있는 방법이 될 수 있다.

'느껴진다. 이번엔 다르다.'

이미 내 몸 전체는 털로 뒤덮였다.

내 몸의 크기는 그대로일 뿐, 털만 뒤덮이며 이제 손톱도 라이칸처럼 변하기 시작했을 때였다.

뭔가가 나를 끌어당기는 느낌이 들었다.

난 직감적으로 알 수 있었다.

'이거다……!'

사일러드가 대상을 흡수하는 방식이 분명하다.

"사일러드."

"왜? 이제야 뭔가가 잘못됐다는 걸 느꼈나? 그래도 이미 늦었지."

역시, 사일러드의 노림수가 이것인 것은 분명하다.

나를 라이칸처럼 변이시킨 것은 나를 온전히 흡수하기 위한 하나의 절차.

그 절차가 바람대로 착실히 끝나자 사일러드는 이제 승기로 가득한 목소리였다.

"날 라이칸으로 변이시킨 이유가 뭐지?"

난 자포자기하는 척하며, 물었다.

적어도 그 이유는 알아야 했기 때문이다.

"플레우드를 먹어 본 적이 없어서 말이야. 네 힘을 약하게 만들기 위함이지."

"내가 라이칸으로 변이되면, 플레우드의 힘을 제대로 낼 수 없다는 뜻인가?"

"네 몸이 라이칸이 되면 원소사 플레우드가 아닌 신물의 성향이 더해져서 플레우드가 불안해지니까."

"넌 플레우드를 먹어 본 적이 없다고 했으면서 어떻게 그런 발견을 한 거지?"

"먹어 본 적이 없을 뿐, 물었던 적은 있으니까."

"그때 발견했다는 거냐."

"그렇다. 이건 플레우드 전용 방식이거든."

플레우드라는 게 그렇게 흔한 마법사도 아닌데 사일러드는 언제 플레우드를 상대로 물어 봤다는 걸까?

"네가 아는 플레우드라곤……."

"그래, 네 스승. 그 스승은 한때 나의 스승이었으니까."

"……뭐?"

도대체 언제 스승님을 물어 봤다는 것일까?

스승님이 보여 주셨던 링킹에선 그런 일이 없었는데 말이다.

"사라져."

사일러드는 이제 말을 아꼈다.

그가 그토록 원하던 순간이 찾아왔으니, 집중하겠다는 뜻
으로 보였다.

그와 동시에 나를 빨아들이는 힘은 더욱 강력해졌다.

몸은 분명히 꿋꿋하게 서 있었지만, 자꾸 어디로 빨려 들
어가는 느낌이다.

바로 사일러드의 늑대의 머리로 변한 그 팔로 빨려 들어가
는 것이었다.

'이거……구나……. 의외로 간단했어.'

결국, 그가 흡수하는 방식은 무식하게 먹어 치우는 과정을
거치는 것이었다.

그가 무식하게 먹어 치운 것은 대상을 아예 저항할 수 없
는 빈사 상태로 만들기 위한 과정에 지나지 않았을 뿐이다.

난 이걸 역으로 이용하면 됐다.

사일러드의 늑대 머리로 빨아들이는 힘을 오히려 당겨 와
서, 내 쪽으로 끌어당기면 되는 것이다.

"……?"

내가 마음먹고 그대로 따라 해 봤을 때였다.

사일러드의 표정이 구겨지더니, 몸을 흠칫했다.

"……너, 지금 뭐 하는 거냐……?"

사일러드에게 느낀 것을 그대로 따라 했을 뿐인데, 그의 표정이 갑자기 저렇게 불편하게 변한 이유는 딱 하나밖에 없을 거다.

난 지금 그가 가진 흡수의 재능을 무리 없이 제대로 따라 하는 중인 것이다.

"네가 가진 재능인 흡수라는 거, 이런 식으로 하는 거였나?"

"……당하는 순간 그것을 고스란히 따라 하는 중이라는 거냐?"

믿기 싫은 눈치였다.

사일러드가 더블 캐스터가 될 수 있었고, 그가 나와 싸웠을 때 비장의 무기로 여겼던 정령 마법 정도의 재능을 잠깐 당해 본 것만으로 어떻게 그대로 따라 할 수 있었냐는 뜻으로 들렸다.

"사일러드, 네가 정원에 갇혀 있을 때 난 너의 비밀을 풀기 위해 세계를 떠돌았지. 과거에 스승님이 너를 확실히 제압하기 위해 그랬던 것처럼."

"궁금하지 않은 것을 답하고 있군."

"그 뒤로 느꼈다. 세상은 내가 알던 것보다 훨씬 넓다는 것을."

나는 사일러드의 의문에 신경 쓰지 않고 하고 싶은 말을 했다.

세상은 내가 알던 것보다 훨씬 넓다는 말.

그건 우리가 사는 이 세상이 칼리토라는 한 사람에 의해 모든 게 움직이는, 조작된 세계라는 뜻이다.

이 세상은 칼리토에 의해 만들어졌기에 그 속에 사는 사람들도 전부 칼리토가 의도한 대로 살아가도록 되어 있다.

사일러드 또한 그렇다.

사일러드가 그런 차별을 당하고 소환사의 세상을 만들기로 결심하게 된 것도 전부 칼리토 때문이다.

그는 플레우드가 가장 강한 이 세상의 발전을 위해 칼리토에게 조작되어 스승님을 배신하게 된 거니까.

당연하게도 더 발전된 지식을 획득하기 위해 만들어진 내게도 그런 재능이 있다.

그러니 사일러드의 흡수의 재능이나 정령 마법은 전혀 특권이 아니다.

결국, 사일러드가 더블 캐스터가 될 수 있었던 것도 다 어느 한 사람의 의도 덕분이었으니까.

하지만 현재 이 진실을 알고 있는 사람은 나만이 유일했다.

그래서 사일러드에게 전하고 싶었던 것뿐이다.

사일러드는 이해할 수 없는 표정을 지었다.

모든 사실을 모르는 지금, 내가 그저 주제와 맞지 않는 얘기를 하고 있다고 받아들여지는 모양이다.

상관없다.

어차피 그를 설득할 필요도 없는 일이니까.

"그래도 네 반응을 보니까 착실하게 따라 하고 있는 것 같 군."

그러면서 더욱더 난 그가 흡수하는 방식에 집중하며 따라 했다.

그러다 온 정신을 흡수하는 것에 쏟은 순간, 변화가 일어 났다.

사라라락.

바로 라이칸의 몸처럼 변한 내 모습이 본래 내가 가졌던 인간의 몸으로 점점 돌아오기 시작한 것이다.

그 두꺼웠던 털이 얇아지며 형체도 희미하게 변해 가기 시 작했다.

"이걸 당하는 자리에서 바로 따라 할 수 있는 사람은 없었 다. 그런데 네가…… 그 정도 재능의 소유자라고?"

현실을 부정하고픈지 그의 목소리가 은은하게 떨렸다.

"재능이라는 건 너에게만 해당되는 말이 아니거든."

"도대체…… 넌 뭘 그렇게 타고났단 말이냐?"

그의 목소리에서 세상을 향한 원망이 느껴졌다.

자신은 이렇게 노력했는데도 어째서 원하는 것을 손에 넣 을 수 없냐는 투다.

이것도 칼리토가 말한 운명은 분명히 아니다.

애초에 그는 마법의 발전을 위하여 자신이 가진 힘으로 세상을 만들었고, 그 속에 사는 사람들까지 전부 직접 만들었다.

그리고 평화로운 시대에선 절대 발전이 나올 수 없다는 믿음으로 자신이 만든 세계에 난관을 부여했다.

초대 교장 선생님의 경우엔 이념 싸움.

시간이 많이 흐른 뒤엔 나의 스승님과 사일러드 간의 싸움.

그 뒤엔 나와 검사들의 갈등.

전부 칼리토가 정해진 대로 흘러갔을 뿐이다.

따라서 원망 같은 건 통하지도 않는다.

어느덧 내 몸에 난 털은 전부 사라지고, 사일러드의 몸체가 흐릿하게 변하기 시작했다.

사일러드는 내가 흡수의 재능을 그대로 따라 하는 것에 대한 저항도, 내성도 보이지 않았다.

이것이 무엇을 뜻하는 걸까?

칼리토가 이 결과를 위하여 위에서 따로 손을 쓴 걸까?

그건 아무래도 아닌 것 같았다.

분명히 그는 실수로 내게 링킹을 연결했다.

아스파나다에선 지금 싸움이 일어나는 중이기에 느긋하게 이런 조작을 할 수 있는 여유도 없을 것.

그렇다면 답은 자연스레 하나만 남는다.

바로 내가 가진 힘이 나도 모르는 사이에 강해져 있어서, 사일러드가 저항도 제대로 못 한다는 것이다.

'그러고 보니…… 칼리토에게 탈출했을 때 그 힘.'

분명히 마법도 사용할 수 없는 상태인데, 어쩌다 보니 정령의 속박을 깨 버리고 이곳으로 뛰쳐나왔다.

당시엔 경황이 없어서 제대로 자각도 못 했지만, 여유가 조금 생긴 지금.

그때의 그 현상이 의문스러워졌다.

'분명히…… 마법을 사용하겠다는 생각은 없었는데.'

하지만 내 몸이 직접 행한 일인데도 제대로 모르니, 지금은 생각하지 않기로 했다.

사일러드의 몸이 흐릿한 안개처럼 거의 다 투명해졌을 때 그가 소환해 놨던 세 마리의 정령들이 온데간데없이 사라졌다.

"이럴 순 없어……. 신은 어째서 갑자기 나를 배신한 것인가……. 그곳에서 나를 꺼내 줬으면서……."

이젠 완전히 자포자기하는 목소리다.

그렇게 말하는 사일러드는 몸이 완전히 투명해지기 직전이었다.

그래서일까, 사형수의 마지막 한마디와 비슷하게 들려왔다.

"사라져라. 단, 네가 가진 능력은 남긴 채로."

내가 선고하듯 말하는 순간, 그의 몸은 완전히 사라지며 목소리도 더는 들리지 않게 되었다.

난 그렇게 사일러드를 완전히 없앨 수 있었다.

사일러드가 에이머에게 행하는 모습을 보고 칼리토는 하나의 계획을 세웠다.

'사일러드가 약해서 저런 거야. 훨씬 강한 내가 저걸 세라스에게 적용시키면……?'

세라스를 아예 자신이 부리는 정령으로 만들어 버릴 생각이었다.

칼리토도 정령은 한 마리밖에 소환할 수 없다.

하지만 세라스라는 마법사를 정령으로 변이시켜 버리면?

두 마리의 정령을 다룰 수 있게 된다.

이것이 칼리토가 희망을 걸 수 있는 유일한 방법이었다.

아스파나다에서 칼리토를 칭하는 정식 명칭은 '생명의 마법사'다.

'천상의 마법사'라고 불리는 세라스처럼, 칼리토에게도 그런 명칭이 존재한다.

그런 명칭이 붙은 이유도 이곳 아스파나다에서 유일하게 소환 마법을 다루는 마법사이기 때문이다.

따라서 세라스에게 치명적으로 다가갈 수 있는 마법이 소환 마법.

이것에 대한 지식은 없는 마법사다.

사일러드가 에이머에게 행한 것을 보니, 그저 미완성이라고 치부했던 그 방식이.

제대로 효력을 가지고 있음을 믿어야 했다.

그렇지만 확신이 없었기에, 그저 믿음 하나로만 강행해야 하는 상황에 놓였다.

'실패 아니면 성공밖에 없는 상황이다.'

칼리토는 정령에게 명령해, 불 원소, 소환사, 플레우드가 강한 세상을 담은 제단을 품에 안도록 했다.

이미 두 개의 제단이 터져 나간 상황이다.

따라서 중요한 것만 확실하게 보존하기 위한 방법이다.

"저 세 개는 왜 버려?"

세라스는 역시 계속 제단만 노리고 있던 상황이기에, 정령의 움직임을 즉각 포착했다.

"너 하고 싶은 대로 하라고."

세 개의 제단은 미끼와 같은 것이다.

제단이 중요하다는 걸 세라스도 알고 있기에, 일부러 세 개는 방치하듯 던져 놓은 것.

그러나 세라스도 아스파나다에 사는 그저 서열이 칼리토보다 낮을 뿐인 한 명의 주인인데, 이렇게 티가 나는 함정에

빠질 마법사는 아니었다.

"저것들이 제일 중요한 거구나?"

그렇게 말하는 세라스는 정령이 품에 안은 세 개의 제단을 똑똑하게 보고 있었다.

칼리토는 이에 정령을 완벽한 방패로 바꿔 버렸다.

방어력은 아스파나다의 주인의 공격을 버틸 정도로 단단하지만 치명적인 단점이 있다.

바로 정령이 가진 마법을 전부 방어에 치중한 탓에, 공격을 할 수 없다는 것이다.

"어딜 봐? 넌 지금 나랑 놀아야지."

칼리토는 일부러 세라스의 시선을 빼앗았다.

이제 칼리토는 세라스의 몸에 마법을 적중시키기만 해야 한다.

그렇게 억지로 연결한 상태에서, 사일러드가 에이머에게 한 것을 그대로 실현해야만 했기 때문이다.

칼리토도 본격적으로 반격 태세에 나섰다.

'회수도 진행한다, 가장 필요한 것만.'

소환사 세상을 회수하기로 결정했다.

세라스를 정령으로 만들어 버릴 생각이니, 소환 마법의 위력이 약하면 실패할 수 있다는 생각에서 나온 결단이었다.

"수준 맞춰 주니까 신났지?"

이제 곧 정령이 될 세라스라고 생각하니, 칼리토는 의기양

양해졌다.

"맞춰 준 거였어? 그렇다고 하기엔 엄청 버거워하던데. 넌 마법보다 연기를 잘했던 건가?"

물론, 세라스도 그런 칼리토가 무섭게 다가오진 않았다.

칼리토는 슬쩍 플레우드 세상을 확인했다.

'아직도 결판이 안 났군.'

그가 확인한 시점에선 여전히 에이머와 사일러드의 싸움이 지속되는 중이다.

단, 조금 이상한 점이 있다면 사일러드의 표정이 그리 편해 보이지 않았다는 것이다.

'이상하군, 갑자기 왜 저런 표정을……?'

링킹으로 확인하고 싶었지만, 소환사 세상을 회수하기로 결정했기에 그쪽에 더 힘을 써야 했다.

따라서 지금은 궁금해도 그저 꾹 참아야 하는 상황이다.

'이제 어떡하지?'

사일러드는 완벽하게 흡수했다.

그 증거로 그가 도심을 파괴하기 위해 소환했던 그 라이칸들의 모습들도 완전히 사라졌다.

홀로 남은 난 다가올 현상을 멍하니 기다렸다.

이제 난 칼리토에게 흡수당할 차례다.

그렇기에 곧 내 앞에 포털이 생성될 것이다.

그 포털을 타지 않을 수 없다.

내가 거부하면 분명히 이 세상의 존재를 통째로 날려 버릴 놈이라는 게 확실하니까.

그렇게 하면 내가 세상의 소멸을 막기 위해서라도 포털을 탈 것을 알고 있기 때문이다.

피할 수 없는 일이었다.

'이게 어떻게 된 일이지?'

"……?"

그런데 그 순간.

내 속에서 사일러드의 목소리가 울렸다.

마치 링킹에 연결된 것과 똑같은 기분이었다.

"사일러드……."

'……너, 나를 흡수한 게 아니라 네 안에 가둔 것이냐?'

그는 어리둥절한 목소리였다.

분명히 자신은 이대로 끝이라고 생각했는데, 도리어 내 몸 안에 갇힌 꼴이라니.

설마, 이것도 칼리토가 의도한 것인가?

칼리토도 확실한 결정을 하기 위해 사일러드와의 마지막 경합을 하게 만들 것이라고 했다.

그런 말을 한 이유는 무엇일까?

바로 사일러드가 플레우드도 아닌데, 칼리토가 탐낼 정도의 발전을 이룩한 마법사라는 뜻이다.

그래서 이젠 사일러드를 내 몸 안에 가둬 버린 걸까?

사일러드를 품은 날 흡수하면, 사일러드와 나 둘 다 흡수할 수 있게 되는 것이니까?

사일러드의 영혼이 또 살아 있는 것은 절대 내가 의도한 일이 아니다.

분명히 난 완전히 흡수하려고 했지만, 그것이 결과적으론 실패한 상태다.

내가 조용히 하늘을 올려다봤을 때다.

'그렇군…….'

사일러드는 무언가를 깨달았다.

'역시, 이걸 바로 따라 할 수가 없지. 따라 할 수 있긴 하더라도 결국 완벽히 따라 할 순 없다는 뜻이군.'

칼리토가 의도한 것이 아니라면, 이게 정답일 수 있다.

사일러드가 검사들을 흡수했지만 그 전투력을 고스란히 재현할 수 없는 것처럼, 난 흡수를 하긴 했지만 사일러드가 한 것처럼 100% 똑같이 한 건 아니라는 뜻이다.

그런데 그 순간 내 팔 한쪽이 늑대의 머리로 변해 버렸다.

'이런 식으로 반항도 가능하군. 날 완전히 소멸시킨 게 아니니까.'

사일러드는 내 몸을 이용해서, 그가 가진 마법을 사용할 수 있는 상태까지 되었다.

잠깐…… 그렇다는 것은……?

나도 사일러드가 안에 있는 한, 사일러드가 가진 마법을 이용할 수 있다는 게 아닌가?

이 몸의 주인은 사일러드가 아닌, 나니까.

사일러드가 정원의 봉인에서 풀려난 뒤 얻은 몸은 본래 셔면의 몸.

그러나 내가 따로 지시한 바이스제, 특급 환각제를 먹인 탓에 그는 자아가 없다.

정확히 말하면 정신이란 껍데기는 있으나, 셔면이라는 알맹이가 빈 것이다.

소라게와 같은 것이다.

셔면의 몸이 고등류 껍데기였고, 사일러드가 실제 생명체인 소라게.

그래서 사일러드가 셔면의 몸에 들어가도, 그의 몸을 완전히 장악할 수 있었던 것.

하지만 지금도 사일러드가 내 몸에 들어와 있다.

형체가 없는 영혼인 상태로.

그리고 그는 내 몸을 이용하여 마법을 구현했지만 셔면의 몸에 있었던 것처럼 완벽하게, 원하는 만큼의 마법을 사용할 수 없었다.

왜냐.

자아가 없어져 쉽게 먹힌 셔먼과 달리 나는 자아가 멀쩡하게 살아 있기 때문이다.

실제로 내 몸에 들어온 사일러드가 이미 늑대의 머리로 바꾼 한쪽 팔을 집중하니, 본래 정상적인 사람의 팔로 돌아왔다.

이로써 이 현상에 대한 설명은 전부 끝이 났다.

사일러드는 이 정도 작은 반항은 할 수 있지만 그가 멋대로 날뛰려면 내 정신을 완전히 장악해야 하는 것이다.

"유감이군, 사일러드. 네 영혼이 내 안에 있다고 한들, 셔먼의 몸처럼 마음대로 이용할 수 없는 듯하구나."

'……'

사일러드는 입을 열지 않았다.

어떠한 묘수를 내는 것 같았을 때.

'어떻게 이놈을 장악하지…….'

그의 목소리가 다시 들렸다.

그러나 이것은 분명히 사일러드가 혼자 생각하는 중인데 내게 의도치 않게 전달된 것으로 느껴졌다.

어쩌면 이것 역시, 사일러드가 내 몸 안에 있기에 그의 생각까지 시시각각으로 들키는 것으로 보였다.

"날 장악할 방법을 생각하는 건가, 사일러드?"

확실하게 하기 위해 그에게 넌지시 물어본 순간.

'……'

사일러드는 다시 다급하게 입을 다물었다.

아니, 이번엔 생각을 멈췄다는 게 옳았다.

"아무래도, 네가 내 안에 들어온 상태라서 네 생각까지 내게 전부 전달되는 듯하군. 네가 의도하지 않아도 말이야. 그렇다는 뜻은…… 내 몸에 들어온 이상, 넌 내 부하나 다름없다는 게 아닌가?"

마치 신물을 다루는 소환사 사일러드가 도리어 내 신물이 된 것만 같았다.

'이런 뭣 같은…….'

진심에서 우러나온 반응이다.

나도 이게 어떻게 된 현상인지는 모른다.

정말 칼리토가 사일러드의 영혼을 내 몸에 기생하도록 유도한 것인지.

아니면 내가 사일러드가 가진 흡수의 재능을 따라 하긴 했으나, 그것이 제대로 되지 않아 그의 몸이 사라지고 영혼이 내 몸에 자리 잡게 된 것인지 등등.

아는 것보다 모르는 것이 훨씬 많은 상황이다.

따라서 나도 조심할 부분이 예상도 하지 못한 곳에서 나타난다는 뜻이지만, 적어도 사일러드가 어떤 수작을 부릴지는 알 수 있기도 하다.

"허튼수작, 마음껏 부려. 어차피 내가 다 알게 될 거니까."

몸을 잃은 사일러드.

그렇기에 그는 지금 내 몸을 장악해야만 자신이 원하는 방향대로 움직일 수 있다.

하나 내가 그렇게 호락호락한 마법사인가?

다른 사람은 몰라도, 절대 나만큼은 그에게 쉽게 당하지 않을 거다.

약 450년 전에 시작한 보름달 전투를 시작으로 6년 전 그를 정원에 가뒀던 전투와 지금 내 몸에 가둔 전투까지.

총 3전 중, 난 세 번 다 승리했다.

사일러드는 나를 이긴 적이 없다.

그렇기에 이번에도 그 불변의 법칙은 이어질 것이라고 생각했다.

'도대체 왜! 넌 내게 있어 걸림돌이냔 말이다!'

울분을 토해 내며 사일러드는 다시 반항했다.

내 팔 한쪽이 다시 늑대의 머리로 변하려고 했지만.

"한번 해 보니까 어떻게 제어해야 할지도 알겠더라고."

난 간단하게 그의 반항을 제압했다.

털이 샘솟으려는 움직임이 잠깐 보이다가 이내 사라졌다.

이로써 한 가지는 확실해졌다.

사일러드는 내 몸을 주체로, 마법을 사용할 수 있다.

그렇다면 나도 내 몸에 있는 사일러드를 통해 사일러드가 가진 마법을 사용할 수 있지 않을까?

더군다나 플레우드는 링킹이라는 사기적인 마법도 사용할

수 있으니까.

링킹은 단순히 상대의 기억을 뒤지는 것이 아닌, 내가 개발한 것으론 내 마나를 원하는 대상에게 주입하는 것까지 가능하다.

따라서 내 몸에 있는 사일러드와 나를 링킹으로 연결하고, 그가 가진 마법을 억지로 빼서 내가 사용할 수 있는지를 확인해야 했다.

일단 링킹을 연결했다.

내 몸 안에 있으니 이것만큼은 편했다.

본래 링킹을 사용하려면 플레우드 마법이 연결된 상태가 되어야 하지만 사일러드는 이미 내 몸 안에 들어와 버렸기 때문에 그런 사전 절차가 전혀 필요 없다는 것.

링킹은 정상적으로 연결되었다.

"네 기억 좀 보자, 사일러드."

연결한 김에 난 아까부터 내내 걸렸던 그것을 확인하고 싶었다.

바로 사일러드가 말한, 스승님을 물어본 적이 있다는 그것이다.

'링킹을…… 내게 사용하겠다는 거냐? 내가 그깟 링킹도 저항 못 할 것 같나?'

"해 보든가."

사일러드는 완고한 저항의 의지를 표출했지만, 난 아랑곳

하지도 않고 그대로 링킹을 통해 기억을 추적하기 시작했다.

다행히 깊게 들어가지 않아도 해당 기억을 금방 찾을 수 있었다.

분명히 오래전의 일인데 이렇게 짧은 시간에 찾을 수 있는 것은 사일러드는 그 기억을 최근에 연상한 적이 있다는 뜻이다.

기억은 발자국과 같다.

눈이 수북하게 쌓인 곳을 걸으면 발자국은 선명히 남는다.

하나, 눈이 계속 내리면서 쌓이는 탓에 시간이 조금만 지나면 해당 발자국은 눈에서 완전히 보이지 않게 사라지기 마련.

그렇게 되면 내가 어떤 길을 걸었는지, 알 수 없게 된다.

하지만 돌아온 길을 뒤돌아본다면 발자국은 아직 눈이 덮기 전이기에 선명하게 남는다.

돌아가고 싶으면 그 발자국을 따라 언제든 되돌아갈 수가 있다.

난 사일러드가 최근에 해당 기억을 회상한 덕분에 찾는 수고는 덜었다.

아무래도 이것은 사일러드가 나를 흡수하려 할 때, 스승님을 문 적이 있다고 말하면서 회상한 탓으로 보였다.

그대로 난 그가 간직한 링킹 속으로 빠져들었다.

이제 사일러드의 시선이 되었다.

그의 시선으로 보이는 사람은 풍성한 하얀 머리카락을 가진 어느 젊고 포근한 인상을 가진 남성이었다.

난 단번에 그의 정체가 스승님의 젊은 시절이란 걸 알았다.

저기에 머리가 벗겨지고, 주름이 짙으면 내가 아는 스승님의 모습과 완벽히 일치했으니까.

내가 스승님의 제자가 된 시점은 이미 스승님이 상당히 노화가 된 뒤였다.

따라서 저렇게 젊은 모습은 나도 처음 본다.

스승님의 링킹을 통해서 들었던 스승님의 젊은 시절의 목소리.

그러나 그것은 스승님의 링킹이었기에 정작 얼굴은 제대로 보지 못했다.

비로소 지금 사일러드의 기억을 통해서 제대로 볼 수 있는 순간이었다.

─이것 봐요! 스승님! 저도 이제 이걸 소환할 수 있게 됐다고요!

해맑은 목소리가 들렸다.

목소리 역시 소년과 청년의 그사이 어딘가다.

지금 내 시선으로 보이는 사람은 스승님밖에 없는 것으로 보아, 이는 사일러드의 목소리였다.

–그래, 뭔데 그렇게 신이 난 거니, 아스트랄?

역시, 아직 사일러드란 스스로 지은 이름을 갖기 전이기에 아스트랄이란 이름이 나왔다.

–이 책이요! 여기 나온 이 두 발로 선 늑대 보이시죠!

사일러드는 책을 펼쳐 스승님에게 보여 줬다.

나도 슬쩍 볼 수 있었는데, 연필로 거친 선만을 이용한 삽화 하나가 있었다.

사람처럼 두 발로 선 늑대.

라이칸이다.

–소환사가 다루는 신물 중에…… 가장 강한 신물?

–네! 원소사의 마법으로 치면…… 보주화 같은 거죠!

–오호, 그렇다면 이것만 익히면 소환 마법 전부를 통달했다고 봐도 되겠구나?

–그럼요!

–그런데 네가 이걸 보여 주면서 신이 난 이유가 혹시……?

스승님이 기대에 잔뜩 찬 표정을 지으며 물었다.

–네! 저도 소환할 수 있게 되었어요!

–정말? 소환 마법의 종착지인 라이칸을?

스승님은 상당히 대견해하며, 흡족한 모습이었다.

정말 진심으로 제자의 성장을 부모처럼 기뻐하는 것이다.

'그만해라…….'

링킹을 계속 이어 가려고 했지만, 잡음은 존재했다.

바로 사일러드가 꽤 강도 높은 저항을 하는 바람에 링킹이 제대로 재생되지 않고 드문드문 일시 정지가 되는 것처럼 경직되는 중이다.

심지어 링킹의 영상에 빗금이 쳐지기도 했다.

그만큼 사일러드의 저항이 거세다는 증거다.

한때 스승님의 제자로 지내기도 했으니, 링킹에 대해 저항하는 방법은 누구보다도 탁월한 녀석이었다.

'가만히 있어.'

난 그런 사일러드의 저항을 무력으로 맞섰다.

체내의 플레우드를 이용하여 저항할 수 없게 통증을 주는 방법이다.

효과는 있었다.

그럴 때마다 멈췄던 링킹이 다시 재생되니까.

링킹이 재생되는 그 시간 동안은 사일러드가 저항을 해도 효과가 없다는 뜻이다.

'그만하라고!'

자신의 뜻대로 되지 않고 링킹은 시간처럼, 자신을 기다려 주지 않고 계속 흐르니.

이젠 버럭 소리를 질렀다.

하지만 내 귀엔 절규로 들려왔다.

사일러드는 들키고 싶지 않은 치부를 전부 낱낱이 파헤쳐지는 사람이 보이는 반응과 비슷했다.

수치심, 열등감, 분노, 원망 등등.

전부 부정적인 감성이 종합적으로 뭉친 반응이었지만 그 끝엔 미묘하게 하나의 감정도 느껴졌다.

바로 그리움.

천하의 사일러드가 그리움을 손톱만큼이라도 표출하는 게 못내 신기했다.

난 그렇게 사일러드를 완벽하게 제압한 뒤에 링킹을 더 지켜봤다.

-한번 보여 줄 수 있겠니?

스승님이 물었다.

-물론이죠!

자신만만한 사일러드 역시 답하며, 그 자리에서 집중하기 시작했다.

-으음……!

몸을 미세하게 떨 정도로 질끈 눈을 감고 라이칸 소환을 시도하는 사일러드.

그렇게 약 1분이 지난 뒤였다.

크르르륵…….

비록, 현재의 사일러드가 주력으로 다루는 라이칸보다 한 없이 작고, 발톱과 송곳니도 그다지 날카롭지 않은 유체(幼體)였지만 소환은 성공했다.

성체가 아니라고 하더라도 내 눈으로 보기에도 완벽한 라이칸은 맞다.

이 상황은 사일러드가 스승님의 제자가 된 때로부터 어느 정도 시간이 흐른 때로 보였다.

사일러드가 소환사인 것을 알고 스승님과 친분이 있는 소환사에게 위탁 교육도 맡기고 같이 소환 마법도 공부하던, 그런 소소하고 평범한 일상을 몇 년 정도 보낸 뒤의 일은 확실했다.

─이야······.

스승님은 사일러드가 소환한 라이칸 앞으로 다가갔다.

─만져도 되는 거니?

─물론이죠! 늘 그러셨잖아요! 제가 소환하는 신물은 다들 착해요!

─그렇지, 네가 주인이니 널 닮아서 그런 거 아니겠니?

─그건 아닌 거 같지만······.

─소환사가 다루는 신물은 소환사의 성격을 고스란히 따라간다고 했으니까. 그러니 네가 그간 소환한 신물은 착한 너를 닮아 다들 유순한 거였지. 내 소환사 친구가 그랬으니까 확실한 거야.

─그런가요······.

사일러드는 부정하고 싶어서 부정하는 게 아니라 정말 그런 줄 몰라서였던 반응을 보였다.

그렇게 스승님이 사일러드가 소환한 라이칸에게 다가갔을 때였다.

라이칸의 머리를 다정하게 쓰다듬기 위해 손을 머리에 댄 순간이었다.

으르르르르……!

갑자기 라이칸이 선홍빛의 잇몸을 보이며, 살벌한 소리를 냈다.

ー어어……?

사일러드는 당황한 목소리를 냈다.

그의 목소리만 듣고도 확실히 알 수 있었다.

갑자기 라이칸이 적을 대하는 것처럼 스승님이 머리를 쓰다듬는 그 순간 이빨을 보이는 건, 그가 전혀 예상도 못 한 일이었다는 것을.

크학!

라이칸은 성난 소리를 한 번 내곤, 그대로 스승님의 손을 물어 버렸다.

ー끄악!

순식간에 스승님의 손에 박혀 버린 라이칸.

액자를 걸기 위해 벽에 못질을 하는 것처럼, 내가 겉으로 보기에도 상당히 단단하게 박혀 버렸다.

스승님의 손등에선 핏줄기가 터져 나왔다.

그런데 피가 라이칸을 더욱 흥분하게 했는지, 라이칸은 스승님을 문 채로 손을 아예 절단이라도 해 버릴 듯이 이리저리 고개를 흔들었다.

마치 정말 늑대가 먹이를 사냥하는, 포식자의 모습이 그대로 나온 순간이다.

−스……스승님!

사일러드가 당황한 채로, 황급하게 라이칸에게 달려가 떼어 놓으려고 했지만, 라이칸은 자신의 주인인 사일러를 발로 차 버렸다.

−악!

주인의 말을 듣지 않는 라이칸.

난 예전에 이런 비슷한 광경을 한번 본 적이 있지 않던가?

바로 에드 분교 생활 중, 키에나가 라이칸 소환을 터득하고 내 앞에서 그 라이칸을 꺼냈을 때였다.

그때도 라이칸은 키에나의 말을 듣지 않고 멋대로 날뛰었다.

부전자전일까?

키에나는 어떻게 보면 사일러드의 딸이라고 볼 수 있었다.

칼리토가 나를 향해 몇 번째인지도 기억도 나지 않는 자식이라고 말한 것과 같다.

칼리토는 그가 가진 힘을 이용해 나라는 생명체를 만들었으니 그런 개념을 적용시킨 거다.

그것을 그대로 키에나와 사일러드에게 적용시키면.

부녀지간이라고 할 수 있다.

키에나가 저질렀던 실수를.

이미 머나먼 과거에 그녀의 아버지인 사일러드가 그대로 저질렀던 것이다.

이 링킹 속 사일러드는 라이칸을 소환할 수는 있으나, 아직 제대로 교감이 되지 않아 완벽하게 제어할 순 없었던 상태였던 것이다.

-아스트랄……! 어떻게 된 거니……?

-모르겠어요……. 제 말을 듣지 않아요……!

사일러드는 다급하게 일어나며 아예 라이칸을 소멸시키려고 했다.

그러나 라이칸은 그 명령도 듣지 않고, 스승님의 손을 더욱 거세게 물었다.

-스승님…… 다시 돌려보내려 했는데…… 못 하겠어요……. 괜찮으세요……?

당황한 사일러드는 울먹거렸다.

자신이 이러려고 소환한 라이칸이 아닌데.

그 라이칸 때문에 스승님이 고통받으며 공격당하니, 모든 게 자신 탓으로 느껴진 것이다.

-끄아악!

순식간에 스승님의 몸이 공중으로 들썩였다.

라이칸이 스승님의 손을 문 채로, 무시무시한 힘을 이용해 그대로 들어 버린 것이다.

아무리 유체라고 한들, 라이칸은 소환 마법의 마지막 경지.

그만큼 다른 신물에 비해 유체부터 강한 힘을 가진 신물이다.

스승님은 이리저리 패대기쳐지는 와중에도 라이칸을 향해 공격하지 않았다.

단순히 사일러드가 제대로 제어를 하지 못하는 상태이고, 자신을 향한 공격은 의도한 게 아니다.

사일러드가 라이칸을 소환할 수 있게 되어 기뻐했는데 자신을 공격했다는 이유로 마법을 이용하여 소멸시켜 버리면, 충격받지 않을까?

이런 걱정 때문이다.

스승님은 그 와중에 사일러드를 걱정하고 있었던 것이다.

그 정도로, 저 당시만 하더라도 둘은 정말 화목한 가정 부럽지 않은 사제지간이었으니까.

그 순간, 스승님의 몸에서 이상한 현상이 일어났다.

바로 스승님의 몸에 사일러드가 의도적으로 날 변이시킨 것처럼, 굵은 털이 돋아나기 시작한 것이다.

-스승님!

-어떻게 이런 일이…….

달리 말하면 사일러드의 잠재력이 깨어난 순간이라고 할

수 있었다.

스승님도 이런 상황은 처음 겪는 것이다.

자신의 몸이 신물처럼 변해 간다니.

어느덧, 스승님은 사람의 모습을 찾아볼 수 없는 모습으로 변해 버렸다.

-스승님……! 라이칸에게 때문에 그런 것 같아요……! 라이칸에게 병균이라도 있나 봐요! 왜 스승님이 라이칸으로 변하는 중이죠……?

-…….

스승님도 모르는 현상이기에 답할 수 없었다.

사일러드는 정말 큰일이 났다고 생각하고 얼른 라이칸을 돌려보내려고 했지만 피 맛을 본 라이칸은 거친 숨소리까지 내며 스승님의 손을 더욱 강하게 물어뜯었다.

-끄아아악……!

고통의 비명이 좀 더 길고 커졌다.

결국, 자신의 힘으로 라이칸을 돌려보내는 것은 무리라고 판단한 사일러드가 애원하듯 말했다.

-스승님…… 제 힘으로 안 되겠어요…… 스승님이 도와주셔야 할 것 같아요……!

혼자서 갖은 시도를 다 한 사일러드는 결국, 스승님에게 부탁했다.

-알았……다.

스승님은 그제야 마법을 이용해 라이칸을 간단하게 소멸시켰다.

　-으으으…….

　하지만 그대로 부상은 부상.

　여전히 손등에선 피가 흘러내렸고, 처음에 터진 핏줄기보다 굵었다.

　라이칸의 모습으로 변한 상태이기에 그 흉측한 상처가 눈에 훤히 보이지는 않았다.

　이건 어쩌면 다행이라면 다행일 수 있었다.

　그러나 상처가 보이지 않으면 뭐 하나?

　흉물스럽게도 꿀렁거리며 흘러내리는 핏줄기를 보고 사일러드는 그대로 얼어붙었다.

　-저 때문에…….

　-아니야. 충분히 그럴 수 있지. 난 괜찮단다. 조금 따가울 뿐이야.

　-스승님…… 모습…… 어떡해요……?

　-…….

　두 사람 다 해결 방안을 모르기에 그저 입을 닫고 있을 때였다.

　시간이 조금 지나니 스승님의 몸에 자란 털이 사라지면서 곧 스승님이 본래 모습으로 돌아왔다.

　-……어?

―스승님!

이번 변화에도 두 사람은 당황한 모습을 보였다.

―정말 라이칸에게 병균 같은 게 있는 건가요……? 라이칸
이 없어지니까 스승님이 원래대로 돌아온 거 맞죠……?

―그런 것…… 같구나.

―세상에…… 손등!

라이칸의 모습이 사라지면서, 그 흉측한 상처가 사일러드
의 눈에 비로소 훤히 들어왔다.

사일러드는 기겁하며 스승님의 손등을 가리켰다.

―하하, 괜찮……단다. 다 잘됐잖니.

말씀을 중간에 한 번 끊으시는 게, 통증 때문에 전혀 괜찮
지 않은데 일부러 거짓말을 하신 게 분명했다.

스승님은 소매로 손등을 감싸면서도 사일러드를 향해선
웃어 보이셨다.

일부러 사일러드가 더는 죄책감을 갖지 않게 하기 위한 스
승님의 순간적인 선택이었다.

정말 애정을 다하여 키운 제자라는 게 고스란히 느껴졌다.

'스승님…….'

내가 제자였던 시절엔 보인 적도 없는 미소.

사일러드를 향한 질투 같은 게 아니다.

그저…… 서글펐기 때문이다.

이랬던 그 두 사람의 관계가 이후 가주 자격 심사로 인해

갈라지며 사일러드라는 마법사가 탄생하고 스승님의 입가에
서 미소가 사라졌으니까.

나를 지도하실 때 미소를 보이지 않은 이유도, 다 사일러
드에게 절대 패배할 마법사로 키우지 않겠다는 스승님만의
신념에서 나온 행동일 것이다.

정말 맹수들이 강한 새끼만 골라서 키우는 방식을 어쩔 수
없이 차용한 배경이었다.

─정말 괜찮다, 아스트랄. 그러니까 걱정하지 않아도 돼.
결국엔 아무 일도 일어나지 않은 거잖아? 난 여기에 그대로
있으니까.

─스승님…….

스승님이 말씀하시는 건, 결과론적인 걸 놓고 봤을 때 얘
기다.

결과적으로 라이칸은 소멸했고 스승님도 원래대로 돌아왔
으니 다 잘된 게 아니냐는, 따뜻한 말씀이었다.

─그래도 조금 따갑긴 하니까, 치료부터 해야겠구나.

스승님은 이 주제를 두고 더는 오래 얘기하지 않기 위해
일부러 먼저 움직이셨다.

그 순간 나는 봤다.

풍성했던 스승님의 머리카락이.

구멍이 뚫린 것처럼, 상당히 비워진 상태란 것을.

하지만 어린 사일러드는 그 미묘한 변화를 즉각 알아차리

지 못했다.

'스승님의 머리가 벗겨진 이유가……'

단순히 난 칼리토 책을 얻고 나서 마력이 약해지며 노화가 찾아온 것이라고 생각했는데.

실은 오래전에 발생한 이 사고 때문인 것 같았다.

스승님은 손에 두꺼운 붕대를 감은 채로, 잠들어 계셨다.

치유 약물을 바른 붕대를 감싼 것이다.

사일러드는 수면 중인 스승님의 얼굴을 빤히 쳐다봤다.

'완전히 주무시는 거겠지?'

이상하게 눈치를 보는 듯한 속마음이다.

사일러드는 그렇게 조용히 혼자 바깥으로 나가면서 생각했다.

'이상하네, 왜 자신감이 넘치지……? 이런 적은…… 없는데.'

자신감.

마법사들에게 있어서 상당히 중요한 것이다.

마법은 애당초 정신력에서 나오는 힘이다.

즉, 할 수 있다는 자신감이 가득하면 안 되던 것도 가능한 게 마법.

반대로 패배감에 잔뜩 찌든, 병든 정신 상태라면 늘 당연하듯이 하던 것도 되지 않는 힘이다.

그런데 사일러드가 지금 자신감이 넘친다는 것은, 정신력이 갑자기 상승했다는 뜻이 되기도 한다.

'스승님이 물린 걸 보고도…… 자신감이 넘치다니. 나 정말 이상한 아이인 거 같아.'

그러면서 스스로를 자책했다.

하지만 지금의 사일러드는 자책감보다는 호기심이 더욱 강했다.

그가 밖으로 나간 이유는 근처에 아무도 없는 곳에서 라이칸을 다시 한번 소환해 보기 위함이었다.

이 넘치는 자신감이 혹시 라이칸을 제대로 제어할 수 있는 힘이 될 수 있는 것인가?

이 호기심을 해소하기 위해서.

인적이 드문 숲에 도착한 사일러드는 그대로 라이칸을 소환해 봤다.

크르르르르…….

라이칸은 주인인 사일러드를 보고 잠시 으르렁거렸지만.

ㅡ스읍! 앉아!

단호하게 사일러드가 명령하자 으르렁도 멈췄다.

그리고 두 발로 선 라이칸은 네발로 땅을 짚고, 고개를 조아렸다.

―……어떻게 이게 되는 거지? 아까까지만 해도 내 말은 절대 안 듣고 스승님도 공격한 라이칸이?

새로운 발견을 한 사일러드는 이제 라이칸을 돌려보냈다.

이번에도 역시 라이칸은 반항하지 않고 곧장 사일러드의 모든 명령에 복종했다.

―이상한데……. 한순간에 이럴 수 있나……?

그 뒤로 사일러드는 라이칸을 소환, 돌려보내기를 반복하며 그 과정에서도 라이칸을 향해 '앉아.', '일어서.'와 같은 명령을 내렸다.

물론, 라이칸은 전부 착실하게 복종했다.

그 뒤로 시간은 상당히 빠르게 흘러갔다.

빠르게 흘러가는 기억 속에서 난 분명하게 들렸던 사일러드의 목소리가 있었다.

―……설마, 제가 소환사라는 이유 때문인가요?

이는 스승님의 링킹 속에서도 보고 들은 적이 있는 일화다.

바로 사일러드가 소환사 가문의 가주 자격 심사를 요청했는데, 불합격을 통보받은 그날이다.

그리고 사일러드라는 마법사가 탄생한 순간이다.

그렇게 빠르게 흐르던 시간은 어느 한 시점에서 멈췄다.

휘이이잉.

서늘한 바람만 부는, 야밤의 산속에서 사일러드는 자연이 만든 동굴 속에 모닥불도 지피지 않은 채다.

　동굴 안으로 스며든 바람은 상당한 한기를 가지고 있는데도, 사일러드의 몸은 오히려 따뜻했다.

　자세히 보니 사족 보행의 늑대를 소환해, 늑대의 품에 안긴 상태였다.

　사일러드는 그 상태로 생각에 잠겼다.

　'어떻게 원소사 놈들에게 복수하지……? 당차게 소환사가 원소사보다 더 강하다는 걸 보여 주겠다곤 했는데…… 그 방법이 뭐가 있을지 모르겠다는 말이지.'

　그는 사족 보행 늑대를 쓰다듬던 중이었다.

　─내 부하로 만들어 버려야 하는데…… 빌어먹을 원소사 놈들.

　늑대는 따뜻한 혀로 사일러드의 손을 핥았다.

　남들에겐 무시무시한 늑대지만, 사일러드에겐 귀엽고 애교가 많은 애완동물일 뿐이다.

　사일러드가 늑대에게 말했다.

　─처음 너를 익혔을 땐 날 고생시키더니…… 이젠 정말 말을 잘 듣는구나. 내가 원하는 형태인 사족 보행으로 변이도 다 하고. 정말 나한텐 너밖에 없는 것 같구나…….

　그의 늑대는 사실 이족 보행인 라이칸을 사족 보행형으로 변이시킨 것이었다.

　그러던 중, 사일러드가 몸을 움찔거렸다.

-잠깐…… 네가 내 말을 잘 듣던 계기가 분명히…….

아우우울.

늑대는 그저 애교스러운 소리만 내었다.

사일러드는 이에 자세를 고치고 늑대의 주둥이를 두 손으로 받쳤다.

-넌 문 마법사의 힘을 흡수하는 그런 게 있는 거니? 그렇지 않고서야 네가 갑자기 내 말을 잘 들었을 리가 없어. 분명히 우린 교감도 제대로 되지 않았잖아.

하지만 늑대는 영문을 모르겠다는 것처럼 고개를 갸웃거렸다.

-아니야, 확실해! 그래…… 넌…… 그런 게 있는 거야. 그날을 시작으로 넌 내 명령을 한 번도 거역한 적도 없거니와. 이렇게 변이까지 이뤄 냈잖아!

사일러드는 확신했다, 라이칸에게 그런 능력이 있다는 것을.

그리고 진심으로 기뻐하며 늑대를 와락 안았다.

-그거면 됐어! 왜…… 그 중요한 걸 이제야 깨달은 거지? 그간 난 왜 그런 사실을 실험도 해 보지 않은 거지? 이거면 원소사 놈들이 더는 무섭지 않잖아!

사일러드도 당시 스승님에겐 소환사가 더 강하다는 걸 보여 주겠다며 으름장을 놨지만, 실상 속내는 그도 원소사들을 두려워했다는 뜻이다.

소환사는 원소사보다 약하다.

스스로는 부정했던 사실이지면, 내면에선 그 사실을 수긍하던 이중적인 마법사였다.

-앞으로 이것만 실험하면 되겠군.

사일러드의 결의에 찬 목소리다.

그 뒤로 시간은 다시 빠르게 흘렀고.

사일러드가 모습을 숨기며 마법사들을 암살하는 장면만 이어졌다.

후에는 늑대가 암살한 마법사의 시체를 파먹는 일을 당연한 것처럼 행했다.

더블 캐스터 사일러드의 완전한 탄생을 알리는 날이었다.

사일러드는 다시 늑대를 쓰다듬으며 말했다.

-너만 나에게 있으면…… 난 모든 원소를 가질 수 있다는 것이구나? 그런데 참 신기하지. 여태 당한 녀석들은 라이칸으로 변이하지 않았는데 말이야. 변이에도 조건이 있는 걸까?

늑대는 늘 그렇듯, 영문 모르겠다는 표시로 고개만 갸웃거렸다.

-뭐, 상관없지. 모르는 것을 알아내는 것, 그것이 마법사의 본질이니까.

그 뒤로 사일러드는 자신이 가진 흡수의 재능을 연구하기 시작했다.

그리고 변이는 상대의 힘을 약하게 만든다는 것을 깨치고 플레우드 전용 상대법이라고 스스로 정의했다.

　그가 내린 정의를 맹신했던 이유가 바로 여태껏 그가 암살한 마법사들은 전부 단일 원소사로, 스승님을 실수로 물었을 때와 달리 변이가 이루어지기도 전에 전부 죽어 버렸기 때문이었다.

　변이까지 동원해야 하는 부류는 플레우드에게만 해당됐기에 플레우드 전용 상대법이라고 결론 내린 것이다.

　난 그대로 링킹을 끝냈다.

　라이칸 변이에 얽힌 기억은 그것이 전부였다.

　"혼자서 대단한 발견을 했군, 사일러드."

　'네깟 놈에게 칭찬받기 위해 한 일이 아니다.'

　"정확히 말하면 칭찬이 아니라, 감상이라고 해 두지."

　내가 사일러드를 칭찬할 일이 어디 있을까.

　그러고 싶은 마음도 없다.

　나는 절대 사일러드에게 연민을 느낄 사람이 아니니까.

　'네 몸이 내게 먹히는 그날…… 모든 걸 후회하게 만들 것이다.'

　사일러드는 이를 갈았다.

　이젠 그가 주력으로 다루는 신물인 라이칸이 된 것만 같았다.

　그저 사람 목소리만 낼 뿐이지, 그가 말하는 모든 것이 방금 링킹으로 확인한, 라이칸의 으르렁거리는 소리로 들렸다.

그런데 난 이 순간 사일러드에게 하고픈 질문이 생겼다.

"그런 다음엔?"

'뭐?'

"그래, 네 바람대로 내 몸을 네가 장악했다고 치자. 그래서 이제 나란 존재가 없고, 넌 내가 가진 힘을 전부 흡수한 완전체가 되었다고 치자고. 그다음엔 뭘 할 거지?"

'……'

그렇게 이를 갈았음에도, 이번에 그는 쉽게 답하지 못했다.

처음부터 구체적인 계획도 없이 그저 말만 번지르르하게 한 걸까?

그건 아닐 거다.

사일러드가 그렇게 대책도 없는 녀석이었다면 몇백 년 동안 마법 사회를 앓게 만들 수가 없었으니까.

분명히 창대한 계획은 있다.

그저 내게 말하고 싶지 않은 걸로 느껴졌다.

"넌 소환사의 세상을 만들겠다고 했지. 그걸 실현할 건가?"

그래도 난 사일러드의 계획을 아예 모르는 것도 아니었다.

그가 숱하게 말한 원소사만이 아닌 소환사도 대우받는 세상.

그것이 그의 인생 과업이다.

사실 이것만 놓고 보자면 내가 세웠던 계획과 똑같다고 볼 수 있다.

나 또한 대립 중인 검사들도 원소사처럼 대우받는 시대를 열고 싶었으니까.

그런데 난 그 계획을 실현했지만, 사일러드는 그러지 못했다.

이유가 뭐냐고?

나는 검사들과 협력 관계를 원했지만 사일러드는 그러지 않았기 때문이다.

그는 소환사와 원소사의 상하 관계, 즉 지배와 피지배층이 나뉘는 세상을 그렸다.

이 계획의 장점은, 자신이 가진 힘이 대립하는 세력보다 월등하게 강하다면 의외로 쉽게 이룰 수 있는 있다는 것이다.

그러나 단점 또한 있다.

일일이 찾아가서 무력으로 제압하기 때문에 혼자서 상대하는 적이 너무 많아진다는 점.

실제로 사일러드는 세상 그 자체를 적으로 돌리지 않았던가?

게다가 자신의 힘을 과시하려다가 검사 사회까지 건들게 되었고, 검사와 마법사가 일시적으로나마 연합하게 되는 교두보를 마련했다.

그래서 실패한 거다.

적이 많아도 너무 많았으니까.

반면에 내 계획의 장점은, 나와 뜻이 맞는 자가 대립하는 쪽에 한 명이라도 있으면 협상이 수월해진다는 것이다.

대검사인 가렌트가 그런 동반자가 되었기 때문에 난 검사들 전체를 적으로 돌리지 않고 협력할 수 있었다.

'마법은 나의 전부다.'

사일러드는 간단한 답만 남겼다.

이 답변은 내가 물은 것을 '그렇다.'라고 조금 길게 말한 것으로 느껴졌다.

그의 답변을 듣고, 한 가지 호기심이 들었다.

과연…….

사일러드에게 모든 진실을 알려 주면, 그가 어떤 반응을 보이게 될까?

어차피 사일러드는 내 몸 안에 있다.

그러나 문제는 또 난 그가 가진 소환 마법을 이용할 수 없었다.

링킹이 끝나면서, 슬쩍 소환 마법을 시도해 보려고 했지만, 아무것도 소환되지 않은 것을 보고 알게 된 것이다.

즉 사일러드의 영혼이 내 몸에 있지만, 사일러드가 소환 마법을 쓰려고 마음먹을 때만 소환 마법이 나온다는 뜻이다.

따라서 사일러드의 반응이 궁금했다.

만약 이 세상이란 게 누군가에 의해 의도적으로 만들어진 것이고.

또 그가 가주가 될 수 없었던 것도 그 사람의 의도였으며.

내게 세 번이나 패배한 것 또한 그 사람이 만든 운명이라는 것을 알게 된다면 사일러드는 어떻게 할 것인가?

패배감에 찌들 것인지, 아니면 그 사람을 원망할 것인지 그의 반응을 보고 싶었다.

사일러드가 어떤 반응을 보이는지에 따라 앞으로의 내 행동 방향이 달라질 것이기 때문이다.

"사일러드. 그런데 넌 처음부터 그런 세상을 만들 수 없는 운명이라면, 어떨 것 같나?"

칼리토와의 링킹을 보여 주기 전, 사일러드에게 물었다.

'너만 아니었으면 할 수 있었다.'

그는 여전히 내가 자신의 인생에 있어 최대의 걸림돌이라 생각하는 중이다.

"아니, 나라는 존재가 필연적으로 있을 수밖에 없다면? 나라는 존재가 널 막기 위해 만들어진 거라면?"

─나를 흡수하면서 네 정신이 비정상이 된 것 같군. 그래, 계속 그렇게 비정상으로 있어라. 정말 넌 내게 먹히게 될 것이니까.

사일러드는 내 말을 귀담아듣지 않았다.

하긴, 내가 생각해도 적이었던 자가 갑자기 이런 말을 하면 믿지도 않을 거다.

입장을 바꿔 놓고 생각해 보자. 사일러드가 나를 흡수하고 내게 이런 질문을 한다면 내 입에서 나오는 말이라곤 욕설밖에 없을 거다.

"사일러드. 너 또한 누군가가 의도적으로 만든 존재라면, 넌 어떨 것 같냐는 말이다."

'정말 점점 더 미쳐 가는군, 크흐흐…… 뭐, 좋아. 계속 그렇게 미치도록. 네가 아무리 타고난 마법사라 하더라도, 정신이 쓰레기가 된다면 내게 먹히는 것도 무리가 아니니까.'

그는 내 질문을 듣고 오히려 흡족해했다.

"말이 안 통하는군."

그렇다면 남은 방법은 하나.

억지로 보여 주면 된다.

난 칼리토에게 들었던 그 모든 것을 링킹으로 사일러드에게 보여 줬다.

'……여긴 어디냐?'

그 시작은 내가 칼리토가 있는 도서관으로 불려 간 시점이다.

그렇게 나는 칼리토에게 들은 모든 것을 사일러드에게 그대로 보여 줬다.

'됐다.'

칼리토는 뒤를 확인했다.

최대한 말로 세라스를 현혹시키며 시간을 번 결과, 그가 원하던 소환사 세상을 안전하게 회수하는 데 성공했다.

플레우드, 불 원소, 그리고 소환사.

이 세 개의 세상을 만들 때 공을 많이 들였다.

그만큼 사용한 마력도 많았으니 회수에 성공한 지금 온전하게 자신의 품으로 들어온 마력도 상당했다.

'이 정도면 충분하다.'

"어이."

칼리토의 태도가 급변했다.

목소리부터가 당차게 변했다.

"아깝네, 저걸 계속 노리고 있었는데."

세라스도 그저 지켜보기만 한 게 아니다.

정령이 보호하는 세 개의 제단을 어떻게든 파괴하려고 했지만, 그것이 뜻대로 되지 않아 결국 회수를 저지하지 못했다.

칼리토의 몸이 변하기 시작했다.

그의 몸에서 수증기가 일렁이더니, 그가 갑자기 책으로 변한 것이다.

"뭐냐, 그건?"

세라스는 칼리토를 상대하는 것이 지금이 처음이다.

따라서 칼리토가 행하는 전투 방식에 대해서는 정작 아무것도 모른다.

그저 아스파나다의 주인이 보낸 공문 하나만 믿고 칼리토가 힘을 어떻게 증강하는 중인지만 파악하고, 그것을 파괴하면 쉽게 이길 거란 생각으로 조금 무모하게 도전해 온 것뿐이었다.

책으로 변한 칼리토는 주위에 나열된 책장으로 쏙 들어가 버렸다.

드드드드-!

그와 동시에 책장들은 스스로 움직이더니 야바위처럼 위치를 이리저리 옮겨 다녔다.

그 탓에 책으로 변한 칼리토의 본체가 정확히 어디 있는지, 세라스는 파악할 수 없었다.

'하필이면…… 책이 다 똑같이 생겼어. 어쩐지, 들어올 때부터 이게 조금 이상하다고 생각했는데.'

제목도 없고, 표지도 전부 똑같은 무수히 많은 책.

세라스는 그저 칼리토만 알아볼 수 있는 특별한 표식이라도 있는 줄 알았는데.

사실은 전투에도 이용하는 방식이란 건 정말 생각도 못 했다.

"승률 100%."

그 와중에 들린 칼리토의 말이었다.

역시나, 지금도 계속 위치를 옮겨 다니는 탓에 저 짤막한 단어 하나를 말하는 중에도 가까이 들렸다가 멀어지기를 반복하는 중이다.

그만큼 눈으로도 제대로 좇을 수 없는 속도로 옮겨 다니는 중이란 거다.

"뭐?"

세라스는 이리저리 고개를 빠르게 돌리며 최대한 칼리토의 본체를 찾으려고 했지만, 무리였다.

육안, 청각.

그 무엇으로도 칼리토의 본체를 찾는 데에 도움은 전혀 되지 않았다.

세라스는 그가 갑자기 뱉은 단어 '승률 100%'가 마음에 걸렸다.

그때 칼리토의 목소리가 들렸다.

"내가 도전을 받았을 때의 승률이야. 난 도전할 때는 이 무대를 이용할 수 없어서 약하지만, 반대로 도전을 받았을 때는 다르다고. 너도 엄연히 한 세계의 주인인 녀석이, 이런 기본도 몰라?"

"......."

아스파나다의 각자 세계의 주인은 그 세계에 존재하는 만물을 이용할 수 있다.

즉, 세계 자체가 탭 테이킹이라 볼 수 있는 것이다.

그렇기에 도전을 받았을 때는 오히려 유리하다.

하나, 도전을 하러 갈 때는 상위 서열자의 세계로 가야 하기 때문에 이용할 수 있는 만물 전부를 버리고 가는 것이다.

스스로 거대한 페널티를 안고 가는, 불리한 싸움이다.

"조잘조잘 잘도 떠들더니 지금은 꾹 닫고 있네? 아직 시작도 안 했는데."

촤라라라락.

책장이 넘어가는 소리가 돌풍이 몰아치는 것처럼 매섭게 들려왔다.

세라스가 할 수 있는 건 어떤 공격이 다가올지 경계하며, 그것을 방어하는 것.

그러면서 칼리토가 숨은 책의 위치를 찾아야 했다.

하지만 말이 쉬운 것이지, 실상 몇 권인지 제대로 수를 헤아릴 수도 없는 책들 사이에 포위되다 보니 그마저도 쉽지 않았다.

덩달아 세라스가 그토록 집요하게 노렸던 제단도 이제 여유가 없다 보니 그녀의 표적에서 벗어나게 되었다.

번쩍-!

간헐적으로 책장에서 빛이 나면, 그곳에서 마법이 튀어나오고 세라스를 노렸다.

세라스는 자신에게 다가오는 마법을 방어하는 것에만 급급했다.

'예상은 했지만…… 이런 방식일 거라곤 생각 못 했는데.'

비록 칼리토보다 서열이 낮긴 하나 세라스 또한 아스파나다의 한 세상의 주인이다.

그렇기에 주인들이 어떻게 각자의 세상을 활용하는지 모를 리 없었는데도 칼리토의 경우는 완전히 예상 범주를 벗어나 있었다.

'명색이 한때 서열 3위였다, 이거냐……?'

그래도 계속 방어에만 치중하다 보면 결국 자신도 빈틈이 생길 거란 것을 안 세라스.

대응을 바꿨다.

바로 일단 눈에 보이는 책은 자신의 마법으로 없애 버리기로 했다.

칼리토가 숨은 책인지, 아닌지는 상관없다.

이미 그녀의 주위에 펼쳐진 무수히 많은 책들이 칼리토가 부리는 정령 마법처럼 자체적으로 다양한 형태의 마법을 발산하는 중이기에 수가 많을수록 세라스는 여유가 없어졌다.

지금 그녀에게 있어 가장 중요한 것은, 일말의 여유라도 되찾는 것이었다.

그렇게 주위에 있는 책들을 차근차근 없애기 시작하고, 어느덧 눈으로 숫자를 셀 수 있는 정도의 책만 남았을 때였다.

"후우……."

큰일을 해내고서 나오는 한숨.

세라스의 입가에 미소가 연하게 드리워졌다.

"픕."

그러나, 그 순간 칼리토에게 들려온 비웃음에 세라스의 등골이 서늘했다.

쿵!

쿵!

쿠구구궁!

칼리토의 비웃음이 끝남과 동시에 천장이 활짝 열리더니, 책장들이 쏟아졌다.

책장 안에는 당연하게도 세라스가 심혈을 기울여 없앴던 책들이 다발로 꽂혀 있었다.

그 수는 세라스가 처음 이곳에 와서 본 책과 비교하자면 족히 10배도 넘는 수였다.

"그 책을 없애면 그만인 줄 알았나 본데, 그 책은 내 기록서야."

"……기록서?"

"내가 만들어 놓은 여덟 개의 세상에서 일어난 일 전부를 하나도 빠짐없이 기록한 것들이라고. 나만의 일기장이라고 볼 수 있지."

"……."

"그렇다고 단순 기록만 있으냐 하면 아니지. 내 마력으로 만든 것이니 정령과 똑같이, 내가 필요할 때가 되면 꺼내 쓸 수 있는 무기고 같은 거라고."

세라스는 이제 칼리토의 말이 제대로 들리지도 않았다.

설마, 책장을 숨겼을 정도로 책의 양이 방대할 줄은 정말 몰랐다.

결정적으로, 이 사실을 아스파나다의 주인 서열 1위도 알고 있을까?

이런 궁금증도 들었다.

알고 있는데 일부러 이것은 알려 주지 않은 걸까.

아니면 정말 그조차도 모르고 있는 것일까.

어느 쪽이든 지금 세라스는 함정에 빠졌다는 것만은 확실했다.

"자그마치 내가 이 방식을 채택한 기간은 6,789년. 내가 아스파나다에 처음 발을 들인 시기지. 당시 내 서열은 8위. 너도…… 아스파나다에서 쫓겨나면 어떻게 되는지 알지?"

아스파나다의 서열 최하위에서 또 쫓겨나면 그대로 소멸하게 된다.

여태껏 이곳 아스파나다에서 살아남기 위해 발버둥 쳤던 그 모든 노력이.

결국엔 쓸데없는 시도로 전락하게 되는 것이다.

아스파나다는 마법사들에게 있어 오를 수 있는 마지막 경지.

아스파나다 외에 다른 세상도 있다.

지금 아스파나다의 주인이 된 그들은 전부 그 다른 세상에서 자력으로 이곳까지 올라온, 초월체들이라고 볼 수 있었다.

그리고 아스파나다의 각자 주인들이 그토록 중앙을 차지하려고 기를 쓰는 이유.

중앙을 차지하면 여태껏 그들이 살아온 것처럼 상위 서열자들의 눈치를 보며 살지 않고 그들을 통솔할 수 있게 되며, 마법사들의 오랜 욕심이자 소망인 영생을 누릴 수 있기 때문이다.

하지만 그러기 위해선 중앙의 자리에서 세 번의 도전을 받고, 전부 이겨 내야 했다.

즉, 서열 1위가 되어 2위의 도전을 세 번 전부 이겨야 한다는 조건이 걸려 있다.

하지만 아스파나다의 역사상, 현재 세 번의 도전을 전부 이겨 낸 사람은 없다.

그만큼 아스파다나엔 서열이란 게 존재하긴 했으나, 충분히 격차를 좁힐 수 있을 정도란 뜻이다.

아무리 노력해도 결코 닿을 수 없는 경지가 아니다.

가장 유력한 후보가 현재 중앙을 차지한 서열 1위.

서열 2위가 다시 도전했다가 패배하면 이 아스파나다의 절대 주인은 결정된다.

그 전에 칼리토도 그렇고 세라스도 중앙으로 가기 위해 슬슬 행동을 시작하던 참이다.

"그 6,789년 동안 내가 만든 세상에서 일어난 일을 전부 기록하고 마력을 쪼개서 만들어 놓은 거야. 나조차도 제대로 된 수량을 파악 못 하는데, 네까짓 게 내 책을 전부 없앨 수 있다고 생각했어?"

실제로 이제 이곳에 책들만 보이기 시작했다.

그런 책들의 광경을 보고 있자니, 세라스의 눈에는 살벌한 벌레 떼가 시야를 가린 것만 같았다.

"비록 잃은 책도 많지만 지금 그게 중요한 게 아니지. 나도 새로운 걸 발견했으니 너한테 실험해 보는 게 중요한 거니까."

"새로운 것……?"

또 무엇을 발견했다는 것일까.

세라스는 이제 불안해졌다.

"설명하긴 귀찮고, 직접 몸에서 일어나는 현상을 지켜봐."

칼리토는 그렇게 입을 닫고, 맹공을 퍼부었다.

세라스는 처음에는 착실하게 방어하는 듯했으나, 결국에는…….

퍼억-!

그녀의 몸 한 부분에 직격탄이 날아들었다.

"빙고."

칼리토는 그렇게 아주 오래전, 사일러드에게서 단서를 얻은 그 마법을 곧장 시행했다.

바로 대상을 자신이 다룰 수 있는 신물로 바꿔 버리는 그 마법이다.

쿠웅—!

"……으윽."

세라스의 두 팔이 정령처럼 뭉툭하게 변하고, 그 무게를 못 이겨 땅을 그대로 내리찍었다.

"내 팔이……."

그제야 세라스는 자신의 몸에 일어난 변화를 확실히 알게 되었다.

"신기하지? 나도 신기해. 처음 써 보거든. 이 마법의 이름을 뭐로 지을까?"

그렇게 칼리토의 정령이 되어 가는 세라스다.

칼리토는 이제 정령이 보호하는 플레우드 세상의 상황을 슬쩍 살폈다.

에이머와 사일러드의 싸움이 끝나고 에이머 혼자 서 있는 모습을 확인했다.

'시기가 딱 좋군. 세라스를 정령으로 만들고, 그리고 에이머까지 회수. 나머지 제단과 여기 있는 책 전부를 회수한 뒤에…….'

모든 준비물이 착실하게 모였다고 판단한 칼리토다.

'바로 도전하러 떠난다. 시간이 없어. 그사이에 서열 2위 놈이 1위에게 도전했다가 지기라도 하면…… 나한텐 영영 기회가 없으니까.'

한생한
그대백생전의
정주행

아스파나다의 절대 주인이 결정된 그 순간, 하위 서열자들은 그대로 존재가 사라지게 된다.

정확하게 말하면 존재가 곧장 사라지는 것은 아니다.

절대 주인이 결정되면 여덟 개로 이루어진 이 아스파나다라는 세상이 서열 1위가 있는 중앙으로 통합되며, 여덟 명의 주인이 한곳으로 모이게 된다.

그러나 아직 준비가 제대로 되지 않은 그들이 한곳에 모이게 되면 어떻게 될까?

서열 1위부터 8위까지 전부 한자리에 모이는 것이다.

그런 환경에서 살아남을 수 있을 리 없다.

그래서 그런 순간이 오면 하위 서열자들은 존재가 그대로 사라지는 것과 다르지 않다고 여긴 것이다.

칼리토가 오랜 시간을 투자해, 자신의 힘을 길렀던 방법도 그때가 찾아오면 절대 행할 수 없다.

왜냐, 결정적으로 세상이 통합되어 버리면 '주인'이라는 개념은 주인을 제외하곤 절대 없으니까.

즉, 자신만의 공간을 가질 수 없게 되는 것이다.

그렇기에 칼리토도 그것만은 최대한 늦춰야 했다.

그는 아직 그런 통합된 세상을 맞이할 준비가 되지 않았기 때문이다.

결정적으로, 칼리토의 목표도 그가 중앙에 도달하게 되고 그때 자신이 세 번의 도전을 전부 이겨 낸 다음 통합을 맞이

하는 것이 최고의 상황이다.

'세라스가 움직였다는 것은, 슬슬 세라스 밑에 있는 녀석들도 움직일 거라는 뜻이야. 그놈들이 여기로 또 도전하러 오기 전에 내가 먼저 4위가 있는 곳으로 가야 해.'

그러기 위해선 일단 에이머를 불러와야 했다.

칼리토는 에이머가 올 수 있도록 포털을 열어 뒀다.

'이게…….'

내가 칼리토가 있는 도서관에 불려 가서 그에게 들은 모든 것을 사일러드에게 강제로 보여 줬을 때다.

사일러드는 내가 여태껏 한 번도 들어 본 적이 없는 목소리를 냈다.

당혹감도 아니지만 그렇다고 분노도 아닌, 허탈함만 가득했다.

그도 그럴 것이, 자신의 존재가 이미 누군가에 의해 만들어졌다는 것이 그의 과거의 행적과 너무나도 흡사했기 때문이다.

사일러드 본인도 자신의 목표를 위해 생명체를 만든 적이 있지 않았던가?

바로 키에나, 헤이, 쿠로, 테슬라.

사일러드는 혼자 이뤄 낸 지대한 발전이라고 여겼지만, 실상 이미 있던 마법이었기에 사일러드 자신도 모르는 사이에 터득할 수 있었던 것이다.

즉 사일러드가 여태 살면서 겪은 난관과 차별 그리고 발전, 성장 이 모든 것이 사일러드의 노력이나 마법 사회의 상황과는 상관없이 아스파나다에 있는 칼리토란 녀석에 의해 조작되었다는 뜻이다.

사일러드는 격분한 목소리를 냈다.

'……내가 했던 노력이 처음부터 의미가 없었던 거라고?'

그가 차별받았던 그 순간부터 세상을 혼자 바꾸기 위해 얼마나 무던한 노력을 했던가.

게다가 나보다 훨씬 전에 존재했던 마법사이니, 노력의 양으로만 치면 나와 비교도 되지 않을 정도로 많을 것이다.

그런데 자신이 한 노력이 전부 부정당했으니, 격분한 마음이 드는 것도 당연하다.

"나와 같은 반응을 보이는군, 사일러드."

'……네 링킹 속에서 보였던 그놈이 결국 우리의 창조주라는 게 아닌가? 그리고 우리가 이렇게 치고받고 싸웠던 것도 그놈이 전부 의도한 거고.'

"그렇지."

사일러드의 감정이 변하고 있는 것이 점점 느껴졌다.

이 링킹을 보여 주기 전까지의 사일러드의 감정을 정의하자면 그는 오직 원소사에게만 적대감을 드러냈다.

마법 사회에서 그가 평범하게 살 수 없었던 원인이 바로 그 원소사였기 때문이다.

그래서 사일러드는 평생 원소사를 증오하며 살았다.

'나를 그 정원에서 꺼내 준 것도…… 결국엔 너와 마지막으로 싸움을 붙이고, 승자를 택하기 위함이었다니.'

그리고 자신이 탈출하게 된 경로도 알고 나니 사일러드의 증오는 칼리토에게 향하는 듯했다.

칼리토가 그런 생각을 가지지 않았다면, 사일러드는 정말 원하던 대로 소환사 가문을 운영하며 평범하게 살았을지도 모르는 일이고.

혹은, 아예 사일러드 자신이 탄생하지도 않았다면 이런 역경을 겪을 일이 없었을 테니까.

희대의 천재이자 재앙의 마법사 사일러드.

이 시대는 그를 무서워했지만, 막상 사일러드는 마법 사회를 등 돌리며 심적으론 상당히 지쳤다는 것이 고스란히 느껴졌다.

'그래서 넌 어떻게 할 생각이지? 나한테 이걸 보여 준 것은 생각이 있기 때문 아닌가?'

사일러드는 처음으로 내게 친절하게 물었다.

적과의 동침

생각이라…….

솔직히 뾰족한 수가 떠오르는 건 없었다.

하지만 그 뾰족한 수를 찾기 전에, 사일러드의 의도를 먼저 알고 싶었다.

"내 생각을 물어보는 이유는?"

'넌 가만히 칼리토란 녀석에게 흡수를 당할 생각인지, 아니면 반항할 생각인지를 알고 싶었을 뿐이다.'

"후자라면?"

'나도 그럴 생각이거든.'

역시, 사일러드의 분노는 완전히 칼리토에게 향하고 있었다.

"네가 그럴 생각이면 뭐 하지? 넌 내 안에 있어서 아무것도 할 수 없는데."

그렇다고 사일러드를 전적으로 믿고, 모든 것을 받아들일 생각은 없다.

난 그 사실을 확실하게 경고했다.

비록 지금은 서로 목적이 같으나 그것만으로 널 전적으로 믿을 수도 없을뿐더러 나는 널 지배하는 입장이라는 것을.

'할 수 없긴.'

그러나 사일러드는 기다렸다는 듯이 답하며 한 가지 마법을 선보였다.

바로 내 팔 한쪽이 늑대의 머리로 변하는 그 마법이다.

'넌 나를 완전히 억제할 수 있는 상태가 아니야. 넌 아직 본래 내가 가졌던 마법 전부를 구현할 수 없으니까. 게다가 네가 보여 준 칼리토의 모습이라면, 너 혼자만의 힘으로는 무리일 텐데?'

무엇이 그를 이렇게 자신만만하게 만들었을까?

그리고 사일러드는 무슨 뾰족한 수라도 생각해 낸 걸까?

문득 그것이 궁금했다.

링킹으로 알아낼 수 있지만, 그는 생각을 멈췄기에 당장 알아낼 수 없었다.

역시, 스승님의 밑에서 꽤 오랜 기간 자란 녀석이라 그런지 이런 대처는 빠르다.

결국, 사일러드가 품고 있는 생각은 직접 말하게 해야 했다.

"그 말은, 나랑 힘을 합치면 가능할 것처럼 확신하고 있는 것으로 들리는데?"

'그렇다.'

참 신기했다.

사일러드가 이렇게 솔직한 모습도 다 보이고.

그래도 희망적인 것은 그는 나와의 대화에서 부정적인 모습을 보이지 않았다는 것이다.

숨김없이 모든 걸 말해 주겠다.

이렇게 말하는 것처럼 보였다.

'흡수하면 되잖아. 네가 활용할 수 없는 나만이 가진 최고의 무기.'

그것이 사일러드의 목적이었다.

"흡수라……."

자신이 가진 최대의 무기인 흡수를 나를 위해서 사용할 테니, 우리를 만든 창조주 칼리토를 흡수하자는 의견이다.

하지만 난 이 생각이 획기적인 계획이라고는 생각하지 않는다.

"그건 보류."

'어째서지? 칼리토에게 대항할 수 있는 건 흡수밖에 없다. 그의 존재를 아예 없애려면 그게 제일 확실하지. 마법적으로

이길 수 있을 거라 생각하나?'

"그렇기 때문에 더더욱 그 계획은 할 수 없다는 뜻이야."

사일러드는 이해 못 한 듯했다.

내가 칼리토를 흡수하는 걸 꺼리는 이유.

그건 칼리토는 어떤 마법을 가졌는지 예측 자체가 되지 않는 인물이기 때문이다.

우리가 사는 세상에선 플레우드가 가장 강하다.

그러나 이건 우리가 만든 정의가 아닌, 칼리토가 그렇게 되도록 만들어 놓은 것.

즉, 아스파나다에서는 플레우드가 일반 단일 원소사처럼 그저 그런 마법사일지도 모른다.

우리는 현재 어항 속 물고기다.

주인이 알아서 먹이를 줄 때만 배를 채울 수 있는 하등한 존재라고 봐야 한다.

그런데 우리가 사는 세상에서 통용된 정의가 아무것도 통하지 않는 칼리토를 넙죽 흡수한다?

이것은 도리어 칼리토가 원하는 것일 수도 있다.

칼리토가 가진 힘이 어떤지 제대로 파악도 되지 않은 상태에서 그를 흡수하게 되면 우리가 역으로 먹힐 수도 있다는 뜻이다.

사일러드가 가진 흡수란 재능도 결국엔 칼리토가 슬쩍 건네준 것이니, 칼리토도 사용할 수 있다는 뜻이 되기 때문이다.

칼리토가 가진 힘의 한계치도 모르는 상태에서 무턱대고 흡수한다고 그의 존재가 허무하게 사라지랴?

지금 사일러드의 모습만 봐도 그건 아니라고 알 수 있다.

그를 내 몸 안에 가뒀지만, 사일러드는 내게 완전히 지배되지 않고 자력으로 반항 정도는 할 수 있다.

그렇기에 나는 나와 사일러드를 합쳐도 발끝 정도 따라갈 수 있을지 모르는 우리의 창조주를 내 몸 안에 가두는 게 최선책의 선택일까 싶었다.

난 그것들을 사일러드에게 설명했다.

'……'

사일러드는 침묵을 유지했다.

심지어 링킹을 통해서 그의 머리를 헤집어 봐도 아무것도 들리지도, 보이지도 않는 걸 보면 생각이 정말 말 그대로 완전히 멈춘 상태였다.

'답답하군.'

이윽고 내가 하고 싶은 말을 사일러드가 그대로 했다.

그리고 이어서 말했다.

'플레우드에겐 비장의 무기 없나? 네 제자였던 에타르가 내게 영원한 상처를 준 것과 같은, 그런 예상치도 못한 변수의 마법 말이야. 소환사에겐 정령이 있는 것처럼.'

"에타르……."

사일러드에게서 나온 그 이름을 듣던 순간에 내 머릿속에서 한 가지 생각이 번뜩였다.

"이봐, 사일러드."

'목소리가 달라진 것을 보니, 뭔가 떠오른 모양이군.'

"그래. 단, 그 전에 네가 나에게 확실하게 할 것이 하나 있어."

'뭐지?'

"넌 날 받아들일 텐가?"

'그게 갑자기 무슨 말인지 모르겠는데?'

"나를 위하여 네가 가진 마법 전부를, 성심성의껏 사용하겠냐는 말이다."

'물론이다, 어차피 방도도 없는데.'

"다른 방도가 있었다면, 그러지 않겠다는 뜻으로 들리는데?"

'그게 본질이 아니지 않나? 결국, 나나 너나 스승님이나. 전부 칼리토 그 한 놈에게 놀아난 것에 집중해야 하는 것 아닌가? 난 그 본질만 집중할 뿐이다.'

틀린 말은 아니다.

그러나…… 내가 대현자가 된 것처럼 인자하게 그를 받아주기에도 석연치 않은 부분이 존재한다.

내가 정말로 대현자였자면, 타일런트에게 복수를 시도하지 않고 교화를 하려고 했을 테니까.

그렇기에 난 대현자와는 거리가 멀다.

결정적으로 그렇게 되고 싶은 마음도 없다.

또한, 사일러드가 과거로부터 저지른 악행.

비록 그것이 전부 칼리토가 의도한 것이긴 하나, 결과론적으로만 보자면 사일러드가 한 일은 맞다.

여기에서 나도 한 가지를 확실하게 정할 수 없을 정도로 복잡한 마음이다.

사일러드는 피해자인가, 가해자인가?

칼리토는 마법의 발전을 위해 일부러 자신이 만든 세상에 고난과 역경을 심어 줘야 했다.

사일러드가 바로 그 고난과 역경이다.

그리고 사일러드가 과거부터 죽인 많은 이들은 과연 '사람'이라고 봐야 할까?

그들은 결국, 칼리토가 소환 마법으로 만들어 낸 생명체에 지나지 않는다.

그런데 애초에 어항 속 물고기였던 그들을 과연 독립적이며 자유로운 사고를 가진 '사람'이라고 볼 수 있냐는 거다.

이는 사일러드가 꼭대기 철문에서 탈출하기 위해 키에나, 헤이, 쿠로, 테슬라를 만들고 그 넷을 꼭대기로 유인해 힘을 흡수한 것과 같은 문제다.

그러나 나는 단순히 그것만으로 사일러드를 피해자라고 정의할 수가 없었다.

그 과정에서 난 아끼는 제자 에타르를 잃었으니까.

이 세상에 사는 우리를 '사람'이라고 정의할 수 없다 해도, 에타르는 내가 아끼던 사람이다.

그렇기에 사일러드를 단순히 피해자라고 정의해 버리면, 에타르의 존엄성과 에드 가문의 존재 또한 부정하게 되는 일이니 어느 한쪽으로 확실히 정의할 수 없었다.

"참…… 스승님에게 수업을 받았을 때보다 더 머리가 아픈 것 같군."

내 고민은 계속됐다.

그러던 중, 내 앞에는 드디어 올 것이 왔다.

바로 하얀색 포털이 열린 것이다.

'이건…….'

"그래, 칼리토가 부르는 중이다. 이 포털을 넘으면 우리 앞날도 정해진 것이지."

'네가 내게 받아들이냐고 물은 것은 분명히 상황을 빠져나갈 계획이 있어서가 아닌가? 난 그런 너를 믿고 받아들인다고 했다. 그러니 너도 확답해라.'

사일러드는 이제 조급함이 잔뜩 느껴지는 재촉을 했다.

"……."

하지만 내 답이 선뜻 나오지 않아 답답했는지, 그는 한마디를 덧붙였다.

'예전에, 나무에 날 가두고 네가 한 말을 난 아직도 기억한

다.'

"무슨 말이지?"

'마검사 학교를 세운다고 했을 때다. 넌 분명 나한테 내가 삐뚤어지지만 않았다면 소환사 전문학교를 설립할 수 있었다며, 내가 모든 것을 망쳤다고 했지.'

정원에서 사일러드에게 한 말이다.

까마득하게 오래전 이야기는 아니기에, 나도 뚜렷하게 기억한다.

"그랬지."

'그 당시엔 위선이라고 느껴졌지만…… 네가 보여 준 링킹을 보고 나서는 확실히 알겠군. 내가 스스로 걷어찬 게 맞다는 것을.'

"참, 신기하군. 천하의 사일러드가 이렇게 태도가 갑자기 변하다니."

'세상을 등지고 산다는 것. 절대 무력과 권력이 있다고 한들, 결국엔 외로움을 동반하는 길이다. 길동무라는 것 없이 홀로 목적지도 없이 홀로 걷는 것과 똑같지.'

사일러드의 목소리에서 다시 그 감정이 느껴졌다.

그 감정이라 하면 내가 사일러드의 기억을 링킹을 이용해 기억을 강제로 들춰내자 사일러드가 그만하라고 소리쳤을 때 느껴졌던 그 그리움이다.

천하의 사일러드의 목소리에서 그리움이란 감정이 묻어

나온 것이 못내 신기하기만 했었는데, 사실은 이유가 전부
있었던 것이다.

　이미 오래전부터 그 감정이 사일러드의 내면 깊숙한 곳에
자리 잡았던 것이다.

　'이 길로 발을 들인 것은 내 선택. 그렇기에 되돌아갈 곳이
없었지. 난 계속 걸어야 했어. 그 당시 내 목적지는 플레우드
대마법사 너였지만, 지금은 아니잖나? 우리 둘의 목적지는
같은데.'

　그렇다.

　나와 사일러드에게는 이제 칼리토라는 목적지가 있다.

　애초에 우리가 태어난 것도, 우리가 그렇게 많은 희생을
발생시키며 싸웠던 것도 전부 칼리토를 위한 일이었으니, 싸
움은 멈춰야 했다.

　어차피 서로에게 이득 될 것이 하나도 없는, 죽 쒀서 개 주
는 꼴이다.

　'그래서 널 받아들인다고 한 거다. 내 머리로는 창조주 칼
리토를 타개할 방법을 생각할 수 없지만, 넌 분명하게 있는
거니까. 날 믿으라는 소리는 하지 않지. 그러나 난 칼리토를
잡을 수만 있다면, 널 믿을 수 있다.'

　"흐음……."

　처음으로 사일러드에게 진솔한 얘기를 듣는 순간이었다.

　난 답했다.

"좋아. 그럼 내가 소환사고 넌 내 신물인 것처럼 내가 지시한 대로 마법을 사용하겠는가?"

난 사일러드를 받아들이기로 결정했다.

그를 믿어서는 아니다.

그저 우리의 관계는 이해관계가 맞으면서 생긴 일시적인 동맹일 뿐이다.

사일러드는 나를 믿는다고 했지만, 난 아직 사일러드를 확실하게 믿지 않는다.

하나 그렇다고 사일러드와 손을 잡지 않을 수도 없다.

지금은 사일러드가 가진 그 능력이 필요한 시점이니까.

'자존심 상하지만, 기꺼이 그렇게 하겠다. 칼리토에게 복수만 할 수 있다면.'

사일러드는 고민도 없이 답했다.

"그래, 나도 일시적으로 너를 받아들이지."

나도 일시적이란 말을 강조했다.

'칼리토가 없어질 때까지는 동맹인가?'

"적과의 동침 정도로 해 두지."

딱 이 정도 거리가 좋아 보였다.

난 그렇게 포털 앞에 섰다.

'벌써 시작하려고? 아직 내게 계획도 말 안 했으면서?'

"모르고 있는 게 나을 거야. 네게 설명하면, 칼리토도 알게 되거든."

칼리토는 아스파나다에서도 링킹으로 연결할 수 있는 인물.

따라서 내 계획은 일단 나만 간직해야 했다.

난 포털에 몸을 밀어 넣기 전에 이 밑의 세계 전체가 영향받을 수 있는 마법 하나를 구현했다.

'무슨 마법이지? 플레우드…… 눈송이?'

내가 구현한 마법을 보고 사일러드가 물었다.

사일러드의 말대로, 난 이 밑의 세계 전체에 눈을 내리게 하는 중이다.

그렇다고 그 눈이 빙결 마법사의 블리자드와 같은 눈보라인 것은 아니다.

그저 잔잔하게 흘러내리는 함박눈.

단, 플레우드로 이루어져 있어서 플레우드를 겪지 않은 사람에겐 눈에 보이지 않는다는 것뿐이다.

"꼭 필요할 것 같아서."

'공격, 방어도 아닌…… 그저 날씨를 바꾸기 위한 마법인가?'

"아니."

난 그렇게 답하고, 포털로 몸을 밀어 넣었다.

내가 사일러드에게 마법의 정체를 일부러 답하지 않은 이유.

역시, 칼리토가 알아차릴 수 있어서다.

나와 사일러드가 한창 싸우고 있을 때, 칼리토는 분명 전투 중인 것으로 보였다.

오죽하면 그렇게 대단한 창조주가 실수로 내게 링킹을 연결했을 정도니까.

그러나 지금은 내 앞에 포털이 열렸다.

이게 뜻하는 것이 무엇이겠는가?

칼리토의 싸움이 끝이 났다는 것이다.

그렇기에 사일러드에게 설명하지 않았다.

설명한 순간, 칼리토도 전부 알게 될 것이 분명했기 때문이다.

저 플레우드 눈송이의 정체는 눈송이 하나하나에 전부 내 링킹을 담은 마법이다.

눈송이는 유유자적 땅을 향해 떨어질 것이고, 사람의 피부에 닿는 그 순간, 내 기억을 보여 주게 된다.

내가 눈송이에 담은 시점은 바로 칼리토가 있는 도서관에 도착하고 나서부터다.

즉 칼리토가 이 세상을 만든 창조주이며, 이 세상을 살아가는 우리 모두가 저 사람이 인위적으로 만든 생명체라는 것을 모두에게 알리기 위함이다.

평민, 마법사, 검사, 그리고 마검사.

하나도 빠짐없이 전부 그 사실을 알려서 세상 사람들을 혼동시킬 생각이었다.

사실, 처음부터 이런 계획은 아니었다.

포털이 조금만 늦게 열렸다면 난 델세르와 가렌트에게 갑자기 무지개 세계가 사라진 이유와 칼리토의 존재, 그 모든 것들을 설명해 주고 싶었다.

그러나 그런 시간적 여유가 없기에, 급한 대로 내가 할 수 있는 최고의 대처라고 생각한다.

혼동시키면 그 속에서 평정심을 되찾고 계획을 고안할 수 있는 사람이 나타나기 마련이다.

난 그런 사람이 가렌트, 델세르와 같이, 나와 뜻을 비교적 오랜 기간 함께한 이들이라고 확신한다.

그래서 난 링킹의 끝에 메시지 하나를 담았다.

'실현될지 안 될지는 모르겠으나, 이 밑의 세계에 빨간 포털이 열리게 되면 모두 그 포털 속으로 고민도 하지 말고 몸을 밀어 넣어라.'라고.

실현되지 않았을 때?

솔직히 말하면, 모른다.

하지만 난 무조건 실현시키겠다는 생각으로 저지른 일이다.

그리고 저 플레우드 눈송이도 얼마나 갈지 모른다.

이미 칼리토가 알아차리고 소멸시켜 버릴 수도 있는 것이기 때문에 내가 곧장 포털로 몸을 밀어 넣은 것이다.

최대한 칼리토의 신경을 빼앗아 단 1초라도 길게 유지할 생각이니까.

그리고 내가 이 계획을 세울 수 있었던 건, 사일러드의 입에서 에타르란 이름이 나와서였다.

'에타르…… 네가 내게 남긴 그 교훈, 활용하마.'

포털을 넘으면서 삼킨 생각이다.

"오래 기다렸잖아? 그런데 그사이에 또 무슨 수작을 부렸던데? 뭐야? 왜 나와의 기억을 저들에게 전부 보여 준 거지?"

아니나 다를까.

포털을 넘자마자 칼리토가 나를 맞이했다.

그의 표정은 상당히 언짢았으며, 의자에 앉은 자세도 상당히 거만했다.

턱을 괴면서 나를 업신여기는 표정을 지었다.

난 주위를 슬쩍 둘러봤다.

그토록 많았던 책장의 수가…… 조금 줄어든 느낌이다.

게다가 더욱 수상한 것은, 칼리토의 옆에 정령 하나가 더 있다는 것이었다.

"……."

심지어 그 정령은 본래 내가 처음 본 정령과는 모습이 상당히 달라 기이했다.

기존 정령보다 크기가 훨씬 작으며, 정령에 성별이라도 있는지, 생김새는 둠 리포졸인데 긴 머리카락을 가지고 있었다는 점이었다.

"아, 이거? 역시, 눈썰미가 좋구나?"

칼리토는 내 시선을 금세 읽었다.

"인사해. 아스파나다의 서열 6위, 세라스라는 마법사야."

"……서열 6위?"

그렇다는 뜻은 서열 6위의 마법사가 이젠 칼리토의 정령이 되었다는 뜻인가?

모든 게 맞아떨어지는 느낌이었다.

칼리토가 실수로 내게 링킹을 연결했을 정도로 치열한 전투를 벌였던 그 이유가 바로 예상한 대로 서열 6위의 도전을 받아서였기 때문이니까.

그러나 세라스와 칼리토가 가진 힘의 격차가 컸는지, 전투는 그리 오래 지속되지 못하고 세라스가 칼리토의 정령이 되면서 끝이 난 것으로 보였다.

"결국, 사일러드는 진 건가?"

칼리토가 내게 물었다.

난 아무런 반응을 보이지 않았다.

"흠, 이 방법도 사일러드에게 단서를 얻은 거였는데 고맙다는 말도 못 했네."

칼리토가 정령으로 변한 세라스를 가리키며 한 말이다.

사일러드에게 단서를 얻었다는 말.

뭔지 알 것 같았다.

칼리토는 예전부터 여덟 개의 세상을 지켜보고 있던 창조주.

그렇기에 사일러드가 소환사가 되어 실수로 스승님을 물고 변이를 발견했을 때도 지켜봤다는 것이다.

그리고 나와의 전투에서도 날 라이칸으로 변이시키는 것을 보고, 그대로 인용한 듯했다.

"원래는 네가 몰랐던 마법인가 보군?"

"나라고 다 아는 줄 아니? 이런 맛에 내가 세상을 만들고 운영하는 거야. 새로운 발견이 얼마나 짜릿한데."

칼리토가 슬쩍 시선을 뒤로 옮겼다.

바로 여덟 개의 제단이 있어야 하는 그곳인데…….

두 개밖에 남지 않았다.

그 순간 나도 표정을 관리해야 한다는 것을 잊고 의아함에 인상을 찌푸렸다.

"아~ 여덟 개였던 이게 왜 두 개밖에 안 남았는지? 두 개는 이 몹쓸 년이 부쉈고."

세라스를 가리키며 한 말이다.

"나머지 네 개는 내가 회수했거든. 고로, 이제 남은 건 불원소와 플레우드 세상밖에 없어. 그래서 네가 오길 기다렸다가 전부 회수할 생각이었는데, 마침 네가 이렇게 와 줬네?"

"······회수?"

"아, 너는 모르지? 사실은 여기 제단이나 저 책장 속의 책들 전부 내 마력 저장 창고라고 보면 돼. 즉, 내가 본래 가졌던 마력을 쪼개서 만든 것이기에 저걸 유지하는 동안은 마력이 그만큼 약해지지만, 회수하면 원래대로 돌아온다는 말씀."

칼리토는 자신에게 있어 상당히 중요한 사실일 텐데도, 내게 친절하게도 전부 알려 줬다.

아마 그런 의도일 것이다.

그가 만든 세상에서 재료로 흡수할 적임자가 나타나면 이곳으로 부르고 흡수하기 전에, 성장한 것에 대한 보상으로 진실 전부를 말해 주는 것.

그것의 일환으로 보였다.

그러고 보니 책의 수도 조금 준 것 같은 기분이었는데, 사실이었다.

나도 모르게 시선이 책장으로 갔을 때였다.

"그래~ 그 책도 이년이 꽤 많이 없애서 화가 났지만······ 뭐, 괜찮아. 정령 하나를 더 얻은 이득이 크니까. 그런데, 얼마나 잃었지?"

칼리토가 정령에게 묻자, 정령은 주섬주섬 책 한 권을 펼쳐 그에게 보여 줬다.

"세상에…… 얼마 안 되는 줄 알았는데 3,000권이 넘었어? 아깝긴 하네."

그 3,000권에 담은 마력이 얼마나 되는지 모르기에 가늠할 수 없었다.

그저 칼리토의 반응으로만 보고 유추해야 했는데.

칼리토가 아깝다고 직접 말하는 것을 보니 결코 무시할 수준의 마력을 잃은 것은 아닌 것 같았다.

"그런데 너, 저거 무슨 수작 부린 거야?"

이제 칼리토는 플레우드 세상의 링킹을 보며 물었다.

그 속에선 내가 포털에 들어오기 전 구현해 놓은, 플레우드 눈송이가 사뿐하게 내리는 중이었다.

"네가 보고도 몰라?"

어차피 다 알고 있으면서, 왜 묻는지 몰랐기에 나도 다소 공격적으로 나갔다.

"아~ 비밀 하나 알려 주면, 난 지금 여태 쌓아 놨던 책과 제단을 회수하는 중이라 저거까지 엿볼 여력이 없어서. 궁금해서 그러지."

그렇다면 다행이지만…… 이건 너무 과하다 싶을 정도의 친절함이다.

그래도 칼리토가 지금 엿볼 수 없다는 것은, 내가 펼쳐 놓은 플레우드 눈송이의 지속 시간이 아직 많이 남았다는 뜻이 되기도 한다.

적어도 그가 제단과 책을 전부 회수하기 전까지.

혹은, 내가 그에게 흡수되기 전까지다.

시간을 조금 더 벌기 위해 난 꼬투리를 잡았다.

"그렇게 중요한 걸 이렇게 쉽게 말해 줘도 되는 건가?"

"어차피 무슨 상관이야? 네가 여기로 온 이상, 넌 이제 끝난 거나 다름없는데."

완전히 승리를 확신하고 한 말이다.

즉, 내게 약점 전부를 알려 줘도 상관없다고 굳건하게 믿는 것이었다.

"그래?"

난 적당히 답하며, 시선을 다시 옮겼다.

내가 똑바로 쳐다보고 있는 것은 바로 불 원소 세상을 담은 제단이다.

'에타르…….'

에타르란 이름을 듣고 번뜩 생각난 그 계획.

그것을 실현하기 위해서는 칼리토의 불 원소 세상이 온전해야 했는데, 다행히도 아직 늦지 않은 모양이었다.

"어이, 칼리토."

"이야, 내가 만든 녀석 중에 내 이름을 저렇게 당당하게 부르는 녀석은 없었는데. 왜?"

"여덟 개나 있었던 제단 중에 저 두 개만 덩그러니 남았다는 것은…… 사실, 저 두 제단이 너에게 있어서 가장 중요하다는 거지? 원래 맛있는 반찬은 무의식적으로 아껴 먹게 되잖아?"

"……."

그 순간 그렇게 친절했던 칼리토가 무려 입을 닫았다.

내 질문에 확실하게 답해 준 것이나 다름없다.

'그렇다고'.

"그거면 됐어."

난 성큼성큼 제단을 향해 걸어갔다.

"어딜."

칼리토가 가볍게 손짓하자, 그의 정령이 마법으로 내 몸을 속박했다.

'그때 그 느낌을 살려서…….'

하지만 난 이 속박을 마법도 사용할 수 없는 상태에서 이미 한번 자력으로 탈출한 적이 있지 않던가?

정원에서 풀려난 사일러드가 셔먼의 몸에 들어가고.

검사들이 그에게 무참히 먹히는 것을 막기 위해 안간힘을 쓰며 내가 본래 있던 세상으로 돌아가려고 했던 그때 발생한 일이다.

정확히 어떤 원리로 작용한 힘인지는 모르나, 오직 느낌만을 믿고 그대로 따라 해 봤다.

째앵-!

그러자 무언가가 깨지는 소리가 났다.

동시에 무거웠던 내 몸이 깃털처럼 가볍게 변했다.

"……."

칼리토는 다시 입을 닫았다.

"네 정령의 마법이 통하지 않는다는 것은…… 나에게도 네가 몰랐던 무언가가 있다는 뜻인가?"

"아마도."

최대한 내색하지 않은 답이지만, 그 속에는 불편함이 가득했다.

실제로 칼리토의 표정은 세라스처럼 딱딱하게 굳어 있었다.

난 이제 뛰기 시작했다.

"막아!"

칼리토는 조급함을 느꼈는지 정령에게 다급하게 지시했다.

그 순간이었다.

"끼야아아아아아아악!!"

칼리토의 도서관에 울려 퍼진 여성의 따가운 비명소리.

바로, 정령으로 변한 세라스에게서 나온 소리였다.

세라스는 비명을 내지르면서, 눈에서 광선을 뿜었다.

광선에 닿은 물체는 그대로 절단되며, 칼리토의 도서관을 황폐하게 만들기 시작했다.

"……이거 왜 이래?"

정작, 정령의 주인인 칼리토도 세라스의 갑작스러운 행동의 이유를 모르는 듯했다.

'뭔지 알겠군. 정령과의 교감이 아예 없어서 혼자 폭주한 거야. 내가 처음 라이칸을 익히고 라이칸이 내 말을 듣지 않은 것과 똑같고, 마법 학교 꼭대기에서 너와 싸울 때 내 정령이 내 말을 제대로 듣지 않은 것과 똑같은 거야.'

사일러드가 슬쩍 알려 줬다.

'심지어 저 정령은 소환 마법으로 만든 생명체가 아니라 칼리토보다 한 서열 낮은 마법사라를 억지로 정령으로 변이시킨 거잖아? 교감 따위가 성립될 사이도 아닌 데다가 칼리토의 지배력이 부족한 상태라서 폭주할 수 있는 거지.'

그렇다면…….

기회다.

칼리토가 폭주하는 세라스에게 정신이 팔린 그 작은 틈을 이용해 난 그대로 뛰어서 제단으로 들어갔다.

바로 불 원소 세상이 있는 제단이었다.

"이런? 저기로 들어갈 줄은 생각도 못 했는데."

에이머는 이미 불 원소 세상을 담은 제단으로 몸을 숨긴 뒤다.

따라서 칼리토가 있는 곳에 남은 사람이라곤, 칼리토 자신과 정령, 세라스밖에 없었다.

"끼야아아아악!"

세라스는 여전히 귀 따가운 비명만을 내지르면서 광선을 쏘아 대며 폭주하고 있었다.

"상황 참…… 머리 아프게 흘러가는군."

칼리토에게 가장 급한 것은 폭주하는 세라스를 안정시키는 것이었다.

벌컥—!

하지만 그때, 굳건하게 닫혀 있던 출입문이 열리며 새로운 마법사가 모습을 드러냈다.

"졸지에 여기까지 오게 되다니."

아스파나다의 서열 7위, '환영술사'라고 불리는 일루전의 등장이다.

피폐한 인상의 검은 로브, 정돈되지 않은 지저분한 머리카락을 가진 마법사.

그의 별명답게 그는 환영 마법을 주력으로 다룬다.

"상황 진짜……."

칼리토는 이런 상황에 서열 7위까지 온 것이 그리 달갑진 않았다.

하지만 어째서 이런 상황이 되었는지는 쉽게 파악할 수 있었다.

칼리토도 그렇고, 칼리토보다 하위 서열자들도 지금은 조급한 상태.

하필이면 세라스가 자신에게 도전하러 오면서, 소강상태였던 아스파나다의 서열 싸움이 다시 시작됐다.

그러던 중, 세라스가 정령으로 변하며 자신이 주인으로 있던 세상으로 돌아갈 수 없게 되었으니.

자연스레 일루전이 칼리토의 세상까지 오게 된 것이다.

이미 서열 싸움의 불씨는 지펴졌다.

이들이 이렇게 동시에 움직이는 것도 칼리토는 전부 예상한 일.

이대로 서열 2위가 서열 1위에게 도전하러 갈 시간을 주고 결과가 서열 2위의 패배로 나온다면, 아스파나다의 절대 주인도 결정되는 꼴이니 그것을 막기 위한 몸부림들이다.

그러나 상황이 너무 꼬이고 있다는 것이 문제였다.

세라스를 정령으로 만든 것에는 성공했지만, 칼리토가 기존에 다루던 정령처럼 그가 인위적으로 만든 생명체가 아니다 보니.

명령도 제대로 되지 않고 폭주하는 꼴에 서열 7위까지 등장했으니, 칼리토는 자연스레 두 명의 적을 마주하게 된 상황이다.

'겨우 마무리되나 싶었더니…….'

칼리토는 원망스럽게 불 원소 세상을 담은 제단을 바라봤다.

에이머가 이미 저 속으로 뛰어 들어가는 바람에, 가장 중요한 것들이 뭉친 세상이 되어 버렸다.

'어차피 저것만 남기면 돼. 플레우드 세상은 회수한다. 여기 있는 책들도 전부.'

시간 더 끌리면 서열 8위까지 이곳으로 올 게 불 보듯 뻔했다.

칼리토도 아예 떠날 채비를 하던 그때였다.

삐이이이……!

갑자기 날아든 이명.

동시에 칼리토는 아직 잠에서 덜 깬 것처럼, 시야가 흐릿했다.

분명히 눈을 뜨고 있는데도 무언가 흐릿한 막이 눈을 막은 것처럼, 시야가 제대로 보이질 않았다.

"저 제단이 중요하단 건 나도 이미 알고 있었어. 회수하려는 거지 지금?"

일루전이 문서 하나를 보여 줬다.

이미 세라스가 칼리토에게 보여 준 적이 있는, 2,372년 전에 온 그 공문이다.

따라서 일루전도 제단의 중요성을 누구보다도 잘 알고 있는 마법사였다.

그가 가진 환영 마법으로, 칼리토가 제단이라는 대상을 제대로 회수할 수 없게 괴롭히는 중이다.

"……"

칼리토 입장에선 까다롭기 그지없는 마법사다.

차라리 세라스처럼 타격하여 부수는 형태라면, 그런 공격 마법을 방어하면 그만이다.

하지만 일루전은 형체가 없이 자신도 모르는 사이에 이미 환영으로 괴롭히고 있으니, 방어 형태를 제대로 잡을 수가 없었다.

"으음…… 그런데 난 누굴 상대해야 하는 거지? 이런 일은 또 처음이지 않나?"

일단 환영 마법으로 칼리토를 괴롭힌 뒤, 일루전은 고민에 빠졌다.

바로 정령으로 변한 세라스의 존재 때문이다.

"서열 7위 세라스가 정령으로 변하긴 했으나…… 엄연히 죽은 건 아니잖아? 고로 서열 7위는 존재하는 중인데…… 그렇다고 또 온전한 세라스는 아니고. 애매하네."

세라스가 주인으로 있던 세상에 그녀가 없어서 여기까지 오게 되었다.

일루전은 손가락으로 정령이 된 세라스, 칼리토를 번갈아 가며 지목할 때였다.

팔랑.

천장에서 내려온 한 장의 문서.

문서는 흔들리는 그네처럼 내려와, 일루전의 눈높이와 일직선이 되는 곳에 멈췄다.

그리고 일루전이 손을 펼치자, 그 위에 안착했다.

"갑자기 이게 뭘까?"

이런 상황에서 나타난 문서의 출처는 둘 다 굳이 말하지 않아도 알 수 있었다.

바로 서열 1위가 보낸 것이라고 쉽게 짐작할 수 있었다.

일루전은 곧장 문서의 내용을 소리 내어 읽었다.

칼리토도 문서의 내용을 알 수 있게 하기 위함이다.

"세라스는 정령으로 변했기 때문에 온전한 아스파나다의 서열 7위라고 볼 수 없다. 그녀가 정령이 된 순간, 산 사람이 아닌 죽은 사람이라고 봐야 한다. 그녀는 칼리토의 지배를 받고 있는 중이기 때문이다."

"……."

"그렇기에 서열 7위는 공석. 서열 8위 일루전의 상대는 칼리토가 된다."

'이것도…… 다 지켜보고 있었냐.'

칼리토는 슬쩍 천장을 올려다봤다.

이렇게 되면 폭주 중인 세라스와 서열 8위 일루전을 동시에 상대해야 한다.

삐이이이이이……!

지금도 이명이 계속해서 그를 괴롭히는 중이다.

플레우드 세상을 회수하지도 못한 상태에 아무리 둘이 자신보다 하위 서열자라고 해도 현재 상태로 둘을 동시에 상대하기엔 무리가 있다.

결정적으로 제단 두 개가 파괴되었고 꽤 많은 양의 책까지 손실되었기에, 칼리토의 입장에선 에이머가 절실했다.

'아스파나다에 살면서 처음 겪는 난전이야……'

이렇게 진흙탕 싸움을 겪은 적이 아예 없었다.

일루전은 이제 문서를 고이 접어 자신의 품 안에 넣으며 말했다.

"그렇다네? 고로, 내 상대는 칼리토 네가 되겠군."

"끼야아아아아아악!"

그 순간에도 세라스의 폭주는 계속되는 중이다.

"졸지에 2 대 1의 싸움인가? 나에게는 놓칠 수 없는 기회군. 이런 행운이 다 오네."

일루전도 본격적으로 시작했다.

나는 불 원소 세상의 제단에 뛰어들어 불 원소가 가장 강한 세상으로 향하고 있었다.

그때 포털 속에서 사일러드가 물었다.

'그런데 이게 의미가 있는 거야? 네가 뛰어든 세상도 결국엔 칼리토가 만든 세상이잖아. 그가 억지로 빼내 오면 어떡하지?'

"그건 걱정 안 해도 될 것 같은데."

'어째서?'

"칼리토는 강제로 특정 인물을 빼내 올 수 없는 것 같거든."

이미 두 차례나 겪었다.

마검사 학교 교장실에서 칼리토 책이 포털로 변하면서 난 칼리토와 처음으로 만나게 됐다.

그 뒤로, 풀려난 사일러드를 제압했을 때도 마찬가지다.

내 앞엔 포털이 생성되었다.

한 번도 아닌 두 번이나 똑같은 방식이 된 것은 무슨 이유일까?

사실, 간단했다.

칼리토는 아무리 자신이 만든 세상과 사람이라고 하더라도, 특정 인물만 콕 집어서 강제로 자신의 앞에 나타나게 할 수 없다는 뜻과 똑같다.

두 번 다 내가 스스로 직접 포털 속으로 몸을 밀어 넣고 나서야 칼리토와 만날 수 있었다.

난 그 정황들을 설명했다.

'확실히…… 그런 상황이 있었다면 충분히 일리 있는 생각이군.'

사일러드도 부정하지 않았다.

그도 마법적으로는 타고난 재능을 가진 인물이기에, 곧장 이해하는 것으로 보였다.

하지만 사일러드의 걱정은 거기에서 끝이 아니었다.

'그런데…… 칼리토는 분명히 자신이 만든 세상을 회수했다고 하지 않았나? 그것이 자신의 힘을 강하게 만드는 길이니까. 네가 아스파나다에 온 지금, 우리가 있던 세상도 회수하면 어떡하려고? 그럼 그 안에 있던 네 사람들도 전부 소멸하게 되는데.'

이번 질문은 조금 정곡을 찔린 느낌이다.

"……최대한 빨리 끝내고 가야지."

이것까지 막을 방법은 없었다.

이번은 운에 맡겨야 한다고 생각했다.

내가 일을 끝내기 전까지 플레우드 세상이 온전하길 바라야 했다.

'그게 될까?'

사일러드는 이미 플레우드 세상에서 가장 중요한 재료인 내가 아스파나다에 왔기 때문에 플레우드 세상이 사라졌을 거라고 확신한 목소리다.

"오기 전에 봤잖아, 정령으로 변한 세라스. 그녀가 폭주하고 있으니…… 믿어 봐야지. 내가 일을 끝내기 전까지 계속 폭주해서 칼리토를 괴롭힐 거라고."

'너답지 않게 운에 다 맡기는군.'

"지금은 할 수 있는 게 그것밖에 없으니까."

'그래, 그건 그렇다고 치고. 불 원소 세상으로 뛰어든 이유는? 나에게 계획도 말해 주지 않았잖아. 아직도 말할 수 없는 건가?'

"응."

최대한 안전하게 일을 진행하고 싶었다.

지금 칼리토는 아스파나다에서 폭주하는 세라스를 막느라 나에게 신경을 쓰지 못한 것 같지만, 그래도 안전하게 진행하는 게 최선책이라고 생각했다.

"가만히 있다가 내가 시키는 대로 하면 돼."

'알았다.'

웬일로 사일러드는 고분고분했다.

정말 그는 칼리토에게 복수하기 위해 나와의 협력을 최우선으로 여기는 듯했다.

그렇게 우린 불 원소 세상에 도착했다.

포털을 넘고 나서 내게 보이는 곳은 마법 학교의 교장실처럼 평범한 집무실이었다.

"누구지?"

그리고 들려오는 귀에 익은 목소리.

난 천천히 그 목소리가 들리는 쪽으로 쳐다봤을 때였다.

'잠깐…… 저 얼굴은…….'

사일러드는 상당히 당혹스러운 반응을 보였다.

반대로 난 무덤덤했다. 이미 내가 알고 있는 현상이기 때문이다.

'전생의 너잖아?'

처음 대면하는 상대인데도 목소리는 귀에 익은 이유.

바로 내 앞에 있는 사람은 전생의 내 모습과 똑같은 빨간색을 가진 이 세상의 대마법사다.

"아르키스 에이머라고 한다."

"……뭐?"

내 이름을 소개하자 그의 당혹감은 한층 더 두꺼워졌다.

"내 이름도 아르키스 에이머인데……?"

'이름도 같다니.'

이제 보니 칼리토는 생김새만 똑같이 했을 뿐만 아니라, 이름까지도 똑같이 지었던 것이다.

하지만 지금 상태에서 그다지 중요한 건 아니다.

내가 여기에 온 이유는 바로 저 대마법사를 흡수하기 위해서다.

"미안하다, 아르키스 에이머. 우리 모두를 위해 사라져 줘."

내가 그 말만 남기고 플레우드 마법으로 상대를 속박하려고 했을 때였다.

화르르르-!

그런데 난 여태껏 보지 못했던 현상을 목격했다.

내 마법이 그에게 닿는 순간, 그는 불 원소 방어 마법을 몸에 두르더니 플레우드를 그래도 녹여 버린 것이다.

'……이게 말이 되나? 플레우드가 단일 원소 마법에 막힌다니?'

사일러드도 나와 똑같은 반응을 보였다.

"플레우드…… 이상하군, 플레우드는 분명히 멸종했을 텐데."

이것에 대해서는 쉽게 설명할 방법이 있다.

나와 사일러드가 살던 세상은 플레우드가 가장 강하다는 설정으로 만들어진 곳.

그렇기에 플레우드가 대마법사가 되는 것이 당연한 곳이었다.

하지만 이곳은 불 원소가 가장 강한 세상이다.

따라서 내가 살던 세상에 존재하던 플레우드와 불 원소의 상성은 아예 존재하지도 않는 세상이란 뜻이 된다.

그리고 플레우드 마법을 선보이자 상대의 목소리도 살벌하게 변했다.

"플레우드의 수장 사일러드는 분명 얼마 전에 내가 직접 소멸시켰는데. 잔당이 남아 있었다는 뜻인가?"

'무슨 소리야…… 내가 플레우드?'

사일러드도 당혹감을 보였다.

내가 살던 세상에서의 사일러드는 소환과 어둠 원소의 더블 캐스터였는데.

이 세상에서의 난관을 가져다주는 존새의 이름은 동일하나, 다루는 마법이 달랐던 것으로 보였다.

"게다가 나랑 이름이 같다니? 너 정체가 뭐냐?"

화르륵—!

상대가 다른 마법을 보였다.

그러나 그것은 내게 익숙한 마법이었다.

몸 전체가 심지가 된 것처럼 화염에 휩싸이는 마법.

바로 헤이가 개발했던, 파이지컬과 너무나도 유사한 마법이었다.

"침묵을 유지한다면 강제로 말하게 만드는 수밖에."

불 원소의 에이머는 주먹을 번쩍 들었다.

이로써 확실하다.

그의 몸에 두르고 있는 마법은, 마법으로 신체 능력을 강화하는 파이지컬이다.

그렇지 않고서야 마법사인 그가 저렇게 주먹을 번쩍 들 이유가 없었다.

주먹을 들었다는 것은, 검사들처럼 육체로 맞서겠다는 뜻이니까.

이에 맞춰 난 플레우드 마검을 구현했다.

"······검사들의 검으로 보이는군."

그가 사는 세상에도 검사들은 존재한다.

다만, 내가 살던 세상과 다른 점이라면.

이 세상은 검사들과 화합을 도모한 시대가 아니란 뜻이다.

난 그에게 물었다.

"아르키스 에이머. 그 마법의 이름은 파이지컬인가? 신체 능력을 극대화시키는 효과를 가진 마법."

내 입으로 내 이름을 부르는 게 못내 어색했지만, 상대도 나와 같은 이름을 가지고 있으니 어쩔 수 없다.

"······."

그리고 에이머는 입을 꾹 닫으며 의아한 표정을 지었다.

그 표정을 읽자니, '어떻게 저렇게 정확하게 알 수 있는 거지?'라는 뜻이 훤하게 엿보였다.

헤이가 개발한 마법을 도리어 이곳의 아르키스 에이머도 사용하고 있는 상황.

심지어 파이지컬이란 마법은 그의 주력 마법으로 보였다.

과연, 헤이가 처음 개발한 게 맞을까.

난 이것도 못내 궁금했다.

서로 다른 세상에 사는 사람이 같은 마법을 사용하는 건 딱 한 가지밖에 없다.

창조주인 칼리토가 슬쩍 알려 줬다는 뜻이다.

과연 최초 발견자가 헤이일지, 아니면 내 눈앞의 불 원소의 아르키스 에이머일지.

원조가 궁금했지만, 지금은 느긋하게 그것을 파헤칠 때가 아니다.

"검사들과 대항하기 위해 개발한 내 마법을…… 정확히 알고 있는 것도 신기하군."

에이머가 말했다.

그가 사는 이 세상은 검사들과 여전히 싸우고 있는 것으로 보였다.

그러나 내가 살던 세상처럼, 이곳에서의 검사는 마법사들을 지배하는 것처럼 느껴졌다.

'칼리토가 의도한 대로군.'

칼리토가 검사란 새 부류를 만든 것도 전부 그 이유에서였으나 내가 살던 세상에서만 검사들이 오히려 마법사들에게 지배를 받는 꼴이 됐다.

그러나 불 원소 세상에선 칼리토의 의도대로 검사들이 마법사보다 강한 존재가 되었다는 건 확실하다.

육체파인 검사를 확실하게 제압하기 위해 마법으로 육체를 강화하는 방식.

아무래도 파이지컬의 원조는 불 원소의 아르키스 에이머로 보였다.

에이머는 나를 향해 주먹을 내세우며 돌진했다.

빠른 속도로 달려오는 그의 모습을 보자니, 운석이 대포처럼 일직선으로 날아오는 것처럼 느껴졌다.

카앙-!

"끄흑……!"

그리고 그의 주먹을 막은 순간.

관절이 찌릿했다.

나도 모르게 작은 신음이 흘러나왔다.

"플레우드이면서 또 검사들의 싸움 방식으로 싸우는 넌…… 누구냐?"

"아르키스 에이머라고 했을 텐데……?"

"우리 모두를 위해 사라지란 말은 또 뭐고?"

"그런 게 있다!"

대답을 기합 삼아, 검을 크게 휘두르자 에이머는 뒤로 폴짝 뛰어 거리를 벌렸다.

"의문으로만 가득한 놈이로군."

화르륵-!

그는 새 마법을 구현했다.

우리 주위에 화염 장막을 치고, 에이머의 몸도 불줄기로 변하더니 그 장막 속으로 들어갔다.

화염 장막은 내가 밖으로 나가지 못하게 결계를 친 느낌이었다.

그리고 이어지는 맹공.

불줄기로 변한 에이머는 예상하기 힘든 곳에서 튀어나와,

나를 치고 다시 장막 속으로 들어가 몸을 숨겼다.

'이대로 괜찮은 거냐?'

사일러드가 걱정스럽게 물었다.

답할 여유도 없다.

지금 불 원소의 에이머는 그저 검만 들지 않았을 뿐이지, 싸우는 방식이 마검사랑 완벽하게 똑같다.

빙결 마법을 구현해 봤다.

하지만 얼음은 금세 녹아 흔적도 없이 사라졌다.

이는 내가 마력으로 그에게 밀린다는 증거는 아니다.

내가 모르는 이 세상만의 상성이란 게 존재하는 것 같았다.

빙결을 시작으로 어둠, 대지, 빛 등등 내가 구현할 수 있는 모든 마법을 구현해 봤지만 결과는 똑같았다. 전부 녹아내려 흔적도 없이 사라졌다.

'꼭…… 플레우드가 모든 원소 마법을 무력화시키는 것처럼 느껴지는군.'

사일러드의 말이다.

나도 그건 동감이다.

이 세상의 불 원소는 플레우드가 가진 유(有)에서 무(無)로 돌리는 그 성격을 고스란히 가지고 있는 것 같았다.

"정말 멍청한 짓만 골라서 하는군. 불 원소는 모든 것을 녹여 버리는데, 왜 쓸데없는 시도를 하는 거지? 그 덕에 내가 대마법사가 될 수 있었거늘."

에이머의 말이다.

이 세상은 불 원소가 가장 강한 마법.

고로, 불 원소 앞에선 같은 불을 제외하곤 전부 먹힌다는 뜻이 된다.

'그래, 이거면 됐어. 이제 이것만 내 것으로 만들면 되는데…….'

내가 이 세상으로 뛰어든 이유이기도 하다.

난 불 원소의 아르키스 에이머를 흡수할 생각이었다.

이유는 바로 에타르가 사일러드의 얼굴에 남긴 영원한 화염 때문이다.

불 원소 단일 원소사만 오를 수 있는 경지.

일순간에 모든 상성을 무시하고 집어삼키는 그 경지.

그것이 괜히 나온 마법인가?

존재했던 마법이기에 전해져 내려오는 마법이다.

하지만 플레우드인 난 그 경지에 도달할 수 없었다.

그렇다면 내가 할 수 있는 것은 단 하나.

그 경지에 도달한 마법사를 흡수하여, 내 것으로 만드는 것.

내가 영혼을 다루는 마법사라면 에타르가 소멸된 장소인 마법 학교 꼭대기로 올라가, 그의 영혼을 되살려 흡수할 생각을 했겠지만.

영혼을 다루는 마법은 내가 살던 세상에 존재하지 않았다.

그렇기에 남은 돌파구가 바로 칼리토가 만든 불 원소의 세상이다.

이곳의 대마법사는 분명히 에타르가 사용했던 그 경시를 사용할 수 있을 거란 확신이 있었으니까.

게다가 지금 에이머의 상태를 보니 내 확신이 결코 헛된 것이 아니었음을 깨달았다.

따라서 난 저 에이머가 가진 불 원소 마법을 흡수해야 했다.

그것이 내가 칼리토에게 반격하기 위한 계획의 시작이다.

'사일러드.'

'왜?'

'너와 나는 링킹으로 연결되어 있다. 따라서 넌 내가 가진 자원을 사용할 수 있어.'

링킹을 연결하면서, 내가 꼭 그에게 자원을 전달하지 않아도 필요하면 꺼내 쓸 수 있도록 만들어 놨다.

'그래서……?'

'내 비전력까지 보태서 불 원소의 정령을 만들어 봐. 이 세상에도 그게 먹히는지는 모르겠지만.'

분명히 칼리토는 정령 마법은 원소의 수호신이라고 했다.

게다가 사일러드는 불 원소까지 가지고 있기에, 불 원소 정령은 소환할 수 있다.

그와 목숨을 걸고 싸웠을 땐 크나큰 제약으로 다가온 것들이 도리어 지금은 든든한 지원으로 탈바꿈한 것이다.

'너를 위해 마법을 사용하라는 게…… 이런 걸 뜻한 거였나?'

'그 과정 중 하나일 뿐이야. 얼른.'

'알았다.'

사일러드는 군말하지 않고 곧장 불 원소 정령을 소환해 냈다.

"……저건 뭐지? 처음 보는 마법인데."

장막 속에서 나온 에이머의 목소리.

확실한 것이 하나 더 생겼다.

이 세상도 내가 살던 세상처럼 소환 마법에 대한 지식이 상당히 부족하다는 것.

이 사실만 놓고 보더라도 희망적인 건 가득하다.

게다가 이번에 사일러드가 소환한 정령은, 기존에 그가 소환했던 것보다 훨씬 거대했다.

'네 힘을 보태서 그런가…… 훨씬 거대하게 나왔군…….'

정령의 주인 사일러드도 의도한 게 아니었다.

그만큼 내가 가진 힘이 원체 강력하기에, 저런 정령이 탄생했다는 뜻이다.

'정령이나 조종해, 이 귀찮은 장막 전부 거둬 버리게.'

'장담할 순 없지만, 시도는 해 보지.'

사일러드의 정령은 두 팔을 지지대처럼 땅에 박은 채로, 숨을 크게 들이쉬었다.

그러자 에이머가 만든 장막들이 조각 단위로 찢어지며 정령에게 빨려 들어가기 시작했다.

"……어떻게 이런 일이……."

에이머도 이런 상황을 처음 겪는 것은 확실하다.

장막이 걷히면서, 서서히 에이머의 모습도 드러나기 시작했다.

⁂

밑의 세계 검사 의회엔 가렌트를 주축으로 마검사, 검사, 마법사 들이 전부 보였다.

그들은 전부 얼이 빠진 상태로 아직도 충격에 휩싸여 있었다.

바로 에이머가 아스파나다에 가기 전에 남긴 플레우드 눈송이.

그 안에 담긴 링킹이 에이머가 의도한 대로 전부 그들에게 전해졌고, 그들 또한 이 세상의 존재 이유와 각자의 존재가 어떤 이유에서 만들어졌는지를 알게 되었기 때문이다.

특히 바이스는 자신의 손바닥과 손등을 뒤집어 가며 멍하니 쳐다봤다.

'내가…… 6서클이 한계였던 이유가…….'

이런 생각을 삼키다가, 문득 그의 시선은 이제 델세르에게 향했다.

'델세르가 그 한계를 깬 이유도…… 칼리토가 그렇게 만들었기 때문에 가능했던 건가?'

노력으로 눈부신 발전을 이룬 게 아닌, 이미 정해져 있었다는 사실에 그들은 패배감에 젖었다.

그들이 여태껏 해 온 노력 전부가 부정당한 기분이었기 때문이다.

"기분 참 뭣 같군."

드디어 가렌트가 입을 열었다.

동시에 모인 이들 전부 가렌트에게 집중됐다.

"내가 마검사가 될 수 있었던 게 칼리토 그 창조주란 놈이 그냥 손가락만 까딱해서 됐다는 거 아냐?"

"……."

다들 부정하지 않았다.

실제로 에이머가 보여 준 링킹이 그렇게 말하고 있으니까.

"아니다, 이런 걸로 화내 봤자 달라질 게 없지. 그런 사정은 나 말고 여기에 모인 전부가 똑같으니까."

가렌트를 포함해 이 세상 전체가 피해자라고 봐야 했다.

평민이 평민인 것도 단지 칼리토가 만든 인구수에 지나지 않았기 때문이고, 마법사 중에 단일 원소사가 단일 원소밖에 다루지 못한 것도 칼리토가 그렇게 의도했기 때문이다.

"그러니 우리가 탄생하게 된 이유에 대해서 집중할 필요는 없다고 본다. 어차피 다들 똑같은 상황이잖아."

가렌트는 침착함을 유지하며, 상황을 주도했다.

"우리에게 중요한 건…… 에이머가 마지막에 남긴 말 아니겠어?"

에이머는 링킹 끝에 분명히 '빨간 포털이 열리게 되면 모두 그 포털 속으로 고민도 하지 말고 몸을 밀어 넣어라.'라고 메시지를 남겼다.

"게다가 사일러드의 신물이 사라지면서 동시에 에이머도 보이지 않아. 그 뜻은…… 사일러드를 제압하고 혼자 아스파나다로 갔다는 거 아니겠어?"

가렌트의 말에 다들 고개를 끄덕였다.

에이머가 사일러드를 흡수했다는 사실을 아는 사람은 아무도 없었다.

"우린 에이머가 남긴 그 말의 뜻을 유추해야 하는데, 다들 뭐 짚이는 거 없어? 왜 하필 빨간색이야? 플레우드인 녀석이 불 원소를 주력으로 다루는 것도 아닌데 말이야."

빨간색 포털.

분명히 무언가 포함하는 의미나 메시지가 있을 거라고 판단했다.

하지만 다들 머리를 맞대어 봐도, 번뜩 생각나는 건 아예 없었다.

"그보다…….'

그러던 중, 델세르가 말했다.

"뭔데? 짚이는 거 있어?"

"네, 포털로 고민도 없이 몸을 밀어 넣으라는 건…… 저희를 어디로 부르시려고 그러는 걸까요?"

델세르는 포털의 색이 아닌 그 포털이 어디와 연결되었는지를 집중했다.

에이머는 절대 의미 없는 일을 하지 않았다.

고로, 그가 포털을 열겠다는 뜻으로 보였던 그 말에도 전부 의미가 있는 거라고 생각한 델세르의 생각이었다.

델세르가 작게 중얼거렸다.

"설마…… 우릴 아스파나다로 부르려고?"

질서와 혼란

"……불러서 뭘 하려고?"

가렌트의 질문에는 델세르도 답할 수 없었다.

정녕 아스파나다로 여기에 있는 모두를 부를 생각이 정확한 예측인지도 모르기에, 근거 없이 내지른 말이 되었다.

하지만 에이머가 사라지기 전에 남긴 링킹만 보면 아스파나다로 부를 생각이 아예 없진 않은 것 같았다.

가렌트도 그것을 생각하며, 델세르에 의견에 동조했다.

"음, 우리가 필요한 상황인 걸까, 에이머에게?"

그의 말에 자리에 모인 모두의 귀가 쫑긋 세워졌다.

확실히, 정황상 필요한 상황이 아닌데 굳이 에이머가 부르려고 했을까?

여태까지 에이머가 한 행동을 보면, 위험한 게 있으면 혼자 모든 것을 감내하려고만 했지 도움을 요청한 적이 없다.

그러나 이번에는 확연하게 달랐다.

가렌트의 그 질문에 자리에 모인 모든 사람은 저도 모르게 속으로 '그럴지도 모르겠다.'란 말을 삼켰다.

"정말 만약에 에이머가 우리를 필요로 하는 거라면…… 우린 뭘 해야 하지? 가만히 기다리는 건 우리 성에 차지 않잖아?"

다들 동조하는 분위기를 나타내자, 가렌트가 본격적으로 상황을 이끌었다.

하지만 이렇게 물어도 정작 앞으로 어떻게 해야 할지, 그 방법은 뾰족하게 생각나는 게 없었다.

그러던 중에 델세르가 자신 없게 말했다.

"으음…… 혹시 말이에요. 그 아스파나다란 세상이 위의 세계보다 더 위에 있는, 그런 개념의 세상 같은데……."

"그래서?"

"따지고 보면 저흰 전부 어항 속 물고기나 다름이 없잖아요."

"하고 싶은 말이 뭔데?"

"이게 도움이 될지 안 될지는 모르지만, 다들 뭐라도 해보고 싶은 마음인 건 맞죠?"

델세르가 확실하게 하기 위해 거듭 강조하며 물었다.

델세르와 시선을 마주친 전부는 순차적으로 고개를 끄덕였다.

"위의 세계로 가서, 하늘을 향해 그냥 마법이라도 난사할까요? 하늘을 부술 생각으로요."

"왜 자신 없게 말했는지 알겠네."

델세르도 이게 무모하고 쓸데없는 짓일지 모른다는 생각을 했다.

그러나 이곳에 모인 모두는 그저 가만히 에이머가 포털을 열어 주길 기다리기만 할 생각이 없다.

포털이 열리기 전까지, 적어도 자력으로 무언가를 하고 싶은 마음만으로 가득했다.

"우리가 사는 세상이란 어항을 직접 부수자는 거죠. 될지, 안 될지는 모르겠지만."

"다들 어떻게 생각하나? 난 솔직히……."

가렌트가 잠시 뜸을 들이다가 어렵게 답했다.

"그거라도 하는 게 좋을 것 같군. 그게 에이머에게 도움이 될지 안 될지 모르지만, 무언가 시도라도 하고 싶으니까."

가렌트도 결국엔 델세르의 의견에 손을 들었다.

"저도 마찬가지입니다."

드레드를 시작으로 자리에 모인 모든 이들의 의견이 통일되었다.

전부 성과가 중요한 게 아니다.

더는 칼리토가 의도한 대로 움직이는 게 아닌, 스스로 생각하고 무언가를 시도하는, 자발적인 사람이 되고 싶었던 것이다.

"정해졌군. 다들 가자."

가렌트는 자리를 황급하게 마무리했다.

에이머가 포털을 열기까지, 얼마나 오랜 시간이 걸릴지 모른다.

따라서 검사들 다수를 잃었다고 해도, 슬퍼할 시간도 없었으며 바로 다음 행동을 준비해야 했다.

"마법 학교에서 보자고."

이미 무지개 세계는 사라졌으니, 가렌트는 마법 학교를 택했다.

장막이 전부 걷히고, 드디어 에이머의 모습이 드러났다.

그는 본래 불줄기로 변해 장막 속에 숨었지만, 장막이 사라지자 본래의 모습으로 돌아온 상태다.

"신기한…… 마법을 사용하는군."

그가 정령을 보고 한 말이다.

반응은 확실하다.

그는 정령 마법이란 걸 살면서 단 한 번도 본 적이 없다.

그리고 정령은 원소의 수호신.

수호신이 허락하지 않으면 해당 원소도 사용할 수 없다는 정의가 이 세상에서도 통했다.

그건 아무래도 이 정의를 세운 것이 세상의 창조주 칼리토였기 때문에 적용받는 것으로 보였다.

"미안하다, 불 원소의 아르키스 에이머. 너에게 악감정은 없어. 단지, 나에게 지금 네가 필요하기 때문이야."

"내가 필요하다는 게 무슨 뜻이지?"

"얘기하면 길어."

'사일러드, 저 에이머를 흡수할 수 있겠지?'

에이머에게 답하면서, 사일러드에게 물었다.

'상대가 얼마나 강한지 몰라. 집어삼키다가 내 턱이 찢어질 수도 있을 거라고.'

하지만 흡수란 능력 앞에서 의기양양하던 사일러드도, 상대가 불 원소의 아르키스 에이머란 생각 때문인지 조금은 주눅이 든 모습이었다.

'해야 해. 무조건. 링킹에 연결된 상태라고 했잖아. 혼자 버거우면 내 마력도 빌려 가.'

'……알았다.'

'그럼, 흡수하기 위해선 내가 어떻게 해 줘야지?'

'잘 알면서 뭘 물어?'

답이 끝나자, 사일러드는 내 한쪽 팔을 늑대의 머리로 바꿨다.

'그 팔로 물어. 상대는 플레우드가 아니니까 변이까진 필요 없을 거다.'

'과연 그럴까……? 엄연히 이 세상의 대마법사야. 이 세상에선 불 원소가 플레우드라고.'

'일단 해 보고 나서 결정하지.'

그래도 사일러드가 내 비전력까지 보태서 소환해 둔 불 원소 정령 덕분에 에이머는 자신의 마법을 기량껏 펼치지 못한다.

지금 이 틈을 노려야 했다.

"넌 정상적인 마법사가 아닌 것 같군……."

에이머가 내 모습을 보고 한 말이다.

팔 한쪽은 늑대의 머리가 달려 있고 생전 처음 보는 마법을 구사하니, 그런 내가 신비로운 존재가 아닌 그저 세상에 존재해선 안 될 것만 같은 흉물스러운 생명체를 바라보는 눈빛이다.

"나도 좋아서 이러고 있는 건 아니야."

난 사일런스 셀을 구현했다.

어차피 사일러드의 불 원소 정령이 있기에, 에이머의 마법은 봉인된 상태.

이런 상태에서 플레우드 마법보다는 상대의 모든 감각을 앗아 가는 게 훨씬 효율적이라고 판단해 어둠 원소의 사일런스 셀을 택한 것이다.

"사일런스 셀이로군⋯⋯."

불 원소의 에이머도 이 마법의 정체를 쉽게 알았다.

하지만 그는 사일런스 셀을 무력으로 부수려 했지만 마법을 구현할 수 없다 보니 뜻대로 되지 않았다.

급기야 무식하게 두 주먹으로 사일런스 셀을 치는 기행까지 보였다.

'대마법사란 녀석이⋯⋯ 너무 무모한 거 아니야? 주먹으로 친다고 저게 깨지나⋯⋯.'

사일러드는 그런 에이머의 행동을 하찮게 여겼다.

그러나 난 그의 행동이 경계되었다.

'글쎄⋯⋯ 내 눈엔 무모한 짓으로 보이진 않는데.'

'뭐?'

쩌적-!

그가 무식하게 사일런스 셀을 주먹으로 치는데, 그 견고한 사일런스 셀에 빗금이 쳐지기 시작한 것이다.

'⋯⋯무력으로 저걸 깬다고?'

사일러드는 경악을 금치 못했다.

그도 어둠 원소를 능숙하게 다루기에 사일런스 셀이 어떤 위력의 마법인지 잘 알고 있다.

갇힌 순간 후각, 시각, 청각, 촉각을 비롯한 모든 감각을 앗아 가기 때문에 당하는 자는 자신이 어떤 공격을 받아 죽어 가는지 느껴지지 않는다.

　그런데 지금 에이머는 심지어 촉각이 없는데도 저런 괴력을 내는 중이었다.

　촉각이 없는데 힘을 내는 행위.

　보통 감각이 없으면 자신이 얼마나 힘을 준 상태인지 몰라 원하는 결과를 내기 어렵다. 근육에 힘이 들어가는 것을 느끼면서 힘 조절을 하기 때문이다.

　그런데 그 어려운 것을, 에이머는 표정도 변하지 않고 아무렇지 않게 하는 중이다.

　'이 세상의 주적은 검사라잖아. 플레우드는 그저 내부 분열자에 지나지 않고. 육체파인 검사랑 싸우다 보니 저런 방법을 터득한 거지.'

　각자 살고 있는 세상의 환경이 다르다 보니, 같은 사람에게서 만들어진 마법사인데도 이렇게나 다를 수 있다는 것을 깨달았다.

　'시간 끌리면 힘들겠군.'

　에이머의 괴력을 보니 나도 조금은 조급해졌다.

　그렇게 사일런스 셀이 내 모습을 가려 줄 때, 나는 은밀하고 신속하게 에이머의 뒤로 접근해 사일런스 셀을 세차게 치는 그의 팔을 물었다.

　콰득-!

　콰앙-!

콰앙—!

그런데 에이머는 아랑곳하지 않고 물린 채로 계속 사일런스 셀을 치고 있었다.

'지금 물린 줄도 모르는 거지?'

'응.'

그것밖에 없다.

감각이 없어 당연하게 통증도 느껴지지 않으니, 지금 자신이 물렸다는 것도 자각할 수 없는 상태였다.

'빨리 시작해, 사일러드. 불 원소의 에미어를 흡수하는 일.'

'이미 하고 있어. 그런데…… 저놈 육체가 단단한 건 둘째치고…… 정신력이 어떻게 돼먹었길래 꿈쩍도 안 해……?'

'뭐……? 내 마력까지 빌려 갔는데도 제대로 안 된다고?'

'그렇다.'

이건 완전히 예상에서 벗어난 일이다.

멀쩡히 물었는데도 흡수되지 않는 마법사라니.

사일러드가 가진 그 재능이 결국, 여기에선 진가를 제대로 발휘할 수 없다는 것인가?

하지만 난 불 원소 에이머의 능력이 꼭 필요하다.

내가 세운 계획을 실현하려면 필수 준비물이기 때문이다.

불 원소 에이머를 흡수하지 못하면, 이 세상으로 오려고 몸을 던진 것도 전부 헛수고로 돌아가게 된다.

'이봐, 사일러드. 그럼 정신력만 헤집으면 어떻게든 흡수할 수 있다는 거야?'

'그렇다. 그런데…… 방법이 있나?'

'……있기야 있지.'

난 에이머를 문 상태로, 이번엔 에이머에게 링킹을 연결했다.

정신력을 헤집는 일.

플레우드 마법으로 괴롭히는 것보다 확실한 게 하나 있다.

바로 에이머에게 충격적인 소식을 안겨다 주는 것.

공교롭게도 나는 무덤덤하지만, 에이머가 알게 되면 충격적인 소식을 간직하고 있다.

바로 칼리토란 존재.

이 세상의 대마법사 불 원소의 아르키스 에이머는 그저 열심히 살아온 마법사다.

칼리토의 존재를 몰랐던 내가 그랬던 것처럼, 눈앞의 적들을 차례차례 정리하며 자신이 그리던 평화를 완성하려고 했을 터.

그런데 사실 그게 쓸데없는 일이며, 오히려 제 명에 못 살도록 하는 일이었다고 알려 주면 어떻게 될까?

사일러드도 버거워하는 저 견고한 에이머에게도 빈틈은 생길 거다.

그리고 그때, 우리는 에이머를 흡수하고 이 세상을 빠져나

간다.

이것이 내가 즉흥적으로 세운 계획이다.

그렇게 난 링킹이 연결된 상태로 에이머에게 칼리토를 처음 만났던 그 기억을 보여 주려고 할 때였다.

링킹이 잘 보여야 하니, 그에게 시각을 잠시 되돌려 줬다.

"……뭐야, 이거?"

그 순간, 그는 자신의 팔에 물린 늑대의 머리를 확인할 수 있었고, 황급히 시선을 내 쪽으로 돌렸다.

"……언제?"

"지금 그게 중요한 게 아닐 텐데?"

난 칼리토와의 기억을 그에게 보여 줬다.

순식간에 에이머는 내 링킹에 녹아들면서 초점이 흐릿해졌다.

'어때, 사일러드?'

'아직은 똑같아.'

난 그 상태로 더 기다렸다.

어차피 이 기억을 계속 보고 있으면 찾아올 것은 충격의 연속밖에 없다.

나도 처음 칼리토에게 모든 것을 들었을 때 그랬으니까.

그 충격이 고점을 찍을 때, 에이머도 분명히 그 단단한 정신력이 흐트러질 것이다.

'……네 말이 맞군. 급격하게 정신력이 무너지기 시작한

다.'

사일러드가 알려 준 호재였다.

그와 동시에 에이머의 몸에는 두꺼운 털이 솟아났다.

이대로 조금만 지나면 완벽하게 흡수할 수 있다고 생각하던 때였다.

쿠웅……!

쿠웅!

"……?"

사일런스 셀이 진동하기 시작했다.

쿠궁……!

심지어 좌우로도 흔들린다.

'어떻게 된 거지?'

사일러드는 사일런스 셀의 진동에 신경을 빼앗긴 모습이었다.

'넌…… 흡수에나 신경 써.'

'……알았다.'

사일러드가 겨우 흡수에 집중했을 때다.

쿠웅!

드드드드!

쿠웅!

드드드드!

이번 진동은 지진이 난 것처럼 심하다.

순간, 휘청일 정도의 강한 진동이 우릴 강타했다.

'도대체 뭐야! 왜 갑자기 이러는데!'

'……외부에서의 충격이야, 이거.'

내부에서부터 일어나는 게 아니다.

누군가가 지금 사일런스 셸을 부수기 위해 온갖 공격을 퍼부으면서 일어나는 것이었다.

부욱-!

그리고 진동이 거세진 끝에.

사일러스 셸에 거대한 금이 그어지며, 빛이 스며들었다.

곧 사일러스 셸이 무너진다는 징조다.

'사일러드, 아직인가?'

'……아직이지.'

결국 사일러드가 불 원소의 에이머를 전부 흡수하기도 전에 사일런스 셸은 완전히 무너졌다.

"아르키스 님!"

동시에 들리는 목소리.

한때 자주 들었던 목소리가 귓가를 파고드니, 나도 모르게 목소리의 주인을 쳐다보게 됐다.

'이건 또 뭐야……? 쟤도 이 세상에 존재하는 거였어……?'

사일러드도 나와 똑같은 반응이었다.

바로 드라코 타일런트와 똑같이 생긴 마법사가 애처로운

목소리로 내 이름을 부르니, 나도 순간 이질감에 경직하게 되던 때였다.

타일런트는 내가 살던 세상에서 날 죽인 못난 제자였지만 불 원소 세상에서는 아르키스 에이머에게 그 진심이 소리에서 고스란히 느껴질 정도로 충성심이 깊은 자였다.

심지어 이 세상에 있는 타일런트도 온통 검은색이다.

그러나 내가 알던 타일런트와는 조금 다른 것을 몸에 지니고 있는데, 바로 그의 손톱이 라이칸처럼 길고 날카롭게 뻗었다는 점이다.

자세히 보니, 내가 살던 세상의 타일런트가 주력으로 사용하던 검은 송곳을 무기처럼 손톱에 장착한 것과 같은 모습이었다.

타일런트와 똑같이 생긴 그는, 사일런스 셀을 부수자마자 그의 날카로운 손톱으로 늑대 머리로 변한 내 팔을 거둬 냈고 사일러드의 흡수는 저지당했다.

당연, 내 링킹도 그 순간 끊어지게 됐다.

"……타일런트."

정신을 차린 불 원소 에이머가 그를 쳐다보며 말했다.

심지어 이름도 똑같은 타일런트다.

"저놈은…… 뭡니까?"

우린 한동안 침묵을 유지하며 서로 대치하는 중이었다.

난 주위를 살폈다.

'그러고 보니…… 여기 집무실이잖아.'

아마도 이 세상에 있는 마법 학교의 교장실일 거다.

특별한 장소가 아닌 평범한 곳이다.

즉, 언제든, 누구든지 들락날락할 수 있는 곳이란 뜻이다.

타일런트는 아무래도 평소 하던 것처럼, 교장실에 용무로 들렀다가 우릴 발견한 모양이다.

"괜찮으십니까?"

그는 날카로운 손톱으로 나를 겨누면서, 불 원소의 에이머의 상태를 지극히도 살폈다.

'참…… 신기하군. 네 제자는 너를 죽였는데 이쪽 제자는 스승을 하늘 모시듯 하는군.'

사일러드도 타일런트가 어떤 녀석인지 잘 아는 마법사다.

그의 목소리에도 신기함과 의아함이 가득했다.

'그러게 말이다……. 이건 조금 부러울 정도네.'

난 말없이 타일런트의 행동을 지켜만 봤다.

하지만 정말 그는 에이머의 명령이 없으면 절대 움직이지 않는 충신인지, 에이머의 답을 듣기 전까지 계속 손톱으로 나를 겨누기만 했다.

"괜찮아, 타일런트."

겨우 정신을 차린 에이머가 답했다.

"저놈은 누구란 말입니까……? 꼭 플레우드 같은데……."

"……타일런트, 그 손톱 거둬."

"……예?"

경계하지 말라는 그의 명령에 타일런트는 당황함을 가득 내비쳤다.

솔직히, 그건 나도 동감이다.

갑자기 그가 왜 그런 명령을 내렸는지, 이젠 불안했다.

"어서!"

타일런트가 여전히 경계심으로 가득한 채로 명령대로 움직이지 않자, 에이머가 버럭 소리를 질렀다.

그러자 황급히 타일런트는 강아지가 꼬리를 마는 것처럼, 날카로운 손톱을 거뒀다.

"가서 치료 물약이랑 차나 내와. 저자에게 알아볼 게 있다."

"……이런 상황에 태평하게 차라니요……?"

"시키는 대로 안 해?"

에이머가 날카롭게 노려보자, 타일런트는 움찔하며 고개를 끄덕였다.

"……알겠습니다."

'참…… 기가 차군. 그 거만함의 극치인 타일런트가 여기

에선 고분고분하다니.'

'네가 할 소리는 아닌 것 같다. 지금 너도 마찬가지잖아.'

'……'

그런데 에이머는 나에게 뭘 더 알아내고 싶다는 걸까?

오죽 알아내고 싶었으면, 차를 내오라고까지 시킬까?

꼭, 평화롭게 담소나 나누자는 소리로 들렸다.

타일런트는 에이머의 명령을 받고 교장실을 나가자, 에이머가 말했다.

"아르키스 에이머라고 했지, 네 이름?"

"……그렇다."

"한 가지 제안한다. 전투는 잠시 접어 두고, 협상을 하는 건 어떻겠나?"

갑자기 그의 태도가 달라졌다.

그렇다면 난 그 이유를 파고들어야 했다.

"언제는 강제로 입을 열게 하겠다더니. 갑자기 태도를 바꾼 이유는?"

"너의 그 마법, 뭐지? 나에게 무언가를 보여 주는 마법 말이다. 대마법사인 나도 처음 겪는 마법인데."

설마, 링킹을 말하는 건가?

이 세상에 플레우드도 존재하면서, 정작 플레우드에게 가장 중요한 마법인 링킹은 또 아직 활용하지 않는 세상으로 보였다.

'도대체 이 세상은 어떻게 흘러가는 거냐……?'

사일러드도 나와 똑같이 머리가 답답하긴 마찬가지였다.

"이 세상에 플레우드가 있다고 하지 않았나? 내가 사용한 그 마법은 링킹이란 이름의 플레우드 전용 마법인데."

"링……킹……. 이상하군, 시대를 장악할 뻔한 최악의 마법사 플레우드 사일러드도 그런 마법은 사용할 수 없었는데? 그 마법의 효과는 뭐지? 네가 겪은 것을 보여 주는 건가?"

그는 링킹에 지대한 관심을 보였다.

아니, 링킹에 관심을 보이는 걸까?

내가 보여 준 칼리토의 기억에 관심을 갖는 걸까?

어느 한쪽일지, 아니면 양쪽 다일지 몰랐다.

그러던 중, 타일런트는 에이머의 명령대로 치료 물약과 차를 내왔다.

에이머는 당당하게 소파로 향해 앉았고, 타일런트는 그의 옆에 다가갔다.

에이머가 물린 손을 뻗자, 타일런트는 이제 간호사라도 된 것처럼 상처 부위에 치료 물약을 뿌려 댔다.

보고 있기 정말 이질감만 가득한 장면이었다.

그때, 에이머가 권했다.

"앉아, 내 제안을 받아들인다면. 너에게 확실하게 알고 싶은 게 있으니까."

방금까지 피를 튀기며 싸웠던 우리가 갑자기 평화롭게 차나 마시며 얘기를 나누자니, 이게 가당키나 한 상황인가 싶었다.

'어쩔 거야?'

사일러드도 내 선택이 궁금했는지, 물었다.

'어쩌긴. 흡수에 실패했으니까…… 일단 들어나 봐야지, 뭘 알아내고 싶다는 건지. 이것들 다 치워.'

기존에 소환해 놓은 불 원소 정령과 늑대의 머리로 변이한 내 팔을 보며 한 말이다.

사일러드는 그 즉시, 전부 원래대로 돌려놓았다.

난 그렇게 에이머 앞에 앉았다.

"뭐를 알아내고 싶다는 거지?"

"일단 그 링킹이란 마법부터. 정확한 효과가 뭐지?"

"내 기억을 상대에게 보여 주거나. 혹은, 상대의 기억을 훔쳐볼 수 있지."

내가 설명한 그 순간 타일런트는 조금 충격을 받았는지, 입을 벌렸다.

"아르키스 님, 그런 마법이…… 있었습니까?"

"모른다. 하지만 저자가 능숙하게 사용하는 걸 보니 분명히 존재하는 마법은 맞겠지. 그리고 그 링킹 속에 칼리토란 자가 나오던데…… 그 기억은 그럼 네가 겪은 것을 내게 보여 준 건가?"

"그렇다."

"참으로 신기한 마법이군……. 어떻게 그런 게 가능한지……."

"단순히 그 링킹이란 걸 알고 싶어서 이런 말도 안 되는 상황이 된 건가?"

난 테이블에 놓인 차를 가리키며 물었다.

이미 내가 이 교장실에 사일런스 셀을 구현하는 바람에 교장실 일부는 부서지고, 가구들은 무너졌다.

그런 상태에서 지금 찻잔을 놓고 마주 보고 있는 상황이다.

그리고 그가 궁금해하는 것이 링킹이란 마법이라면, 내가 기대하던 상황이 아니다.

난 에이머의 정신력을 헤집기 위해 일부러 칼리토와의 기억을 보여 줬다.

실제로 그것은 효과적으로 들어갔으며, 일순간 그의 정신력이 무너져 사일러드가 변이 상태까지 밀어 넣었다.

하지만 그를 흡수하지 못한 지금 그가 칼리토와의 기억에 더욱 관심을 갖는다면, 어쩌면 내가 생각한 것처럼 강압적인 방법을 사용하지 않아도 된다는 희망이 생겼다.

"아니다. 네가 보여 준 그 기억이 꽤 충격적이라 그렇다. 그러나…… 링킹이란 마법은 나도 모르는 마법이기에 정말 네가 말한 것처럼 그런 효과를 지닌 마법인지, 검증이 필요하다. 그 검증이 끝나야 대화가 이어질 것 같군."

다행스럽게도, 에이머는 칼리토에게 더 관심이 갔던 듯하다.

다행히도 링킹을 검증하는 것은, 나에겐 너무나 쉬운 것이었다.

"그럼 내가 너에 대해서 맞히면 되겠나? 어차피 너와 나는 오늘 처음 본 사이잖나? 너도 나에 대해서 아무것도 모르고, 나도 너에 대해서 아무것도 모르니까."

이번엔 내가 먼저 제안했다.

"나에 대해서 맞혀……?"

"그렇다. 최근 너에게 일어난 중요한 일이라든가, 네가 내는 문제를 맞혀도 되는 거고. 링킹은 상대의 기억도 훔쳐볼 수 있다고 했다. 난 그런 링킹을 사용할 수 있으니, 처음 본 너라도 기억만 뒤지면 너에 대해 전부 알아낼 수 있는 것 아닌가?"

"……"

에이머와 타일런트는 서로 마주 보고 시선을 교환했다.

이내 고개를 끄덕인 사람은 에이머였다.

"좋다."

난 그렇게 바로 에이머를 상대로 링킹을 연결했고, 그가 간직한 기억 전부를 뒤졌다.

"물어봐도 되겠나?"

한창 그의 기억을 뒤질 때, 그가 먼저 물었다.

"그러시지."

"난 몇 년이나 존재한 마법사지?"

"오래 살았군, 570년이면."

내 답에 그는 갸우뚱했다.

너무 간단하게 맞혀 버렸기 때문이다.

"나는 누구에게 마법을 배웠지?"

"전 대마법사 알라이즈 페트라."

심지어 그의 스승도 내 스승님과 이름이 같았다.

다만 차이가 있다면 불 원소 아르키스 에이머의 스승은 플레우드가 아닌, 불 원소사였다는 점이다.

"내가 사일러드를 없앤 시기는?"

"지금으로부터 4년 전."

그의 질문 공세는 계속됐다.

그럴 때마다 난 링킹에 보이는 것을 답했고, 타일런트와 에이머의 표정은 점점 더 무너져 가기만 했다.

"확실하군······."

그는 링킹이란 마법을 확실하게 믿게 되었다.

"자, 그럼 이제 본격적으로 묻겠다. 아스파나다라는 것과 우릴 만들었다는 칼리토라는 자에 대해서. 더 자세하게 설명해 봐. 그게 무슨 소리지? 우리의 존재가 그의 연구를 위해 만들어졌다고?"

그는 이제 본질적인 문제를 파고들었다.

동시에 옆에서 듣고 있던 타일런트는 이마에 주름이 진하게 잡혔다.

"그게 무슨 말씀입니까……? 우리라는 존재가 특정 인물에 의해 만들어졌다고요……?"

"그래. 저자가 보여 준 기억이 그거였으니까. 타일런트, 너도 봐서 확실히 알지 않나? 링킹이란 마법은 효과가 확실하다. 그렇기에 저자가 거짓말을 하는 게 아니야. 저자도 우리와 같은 피해자야."

이거 아무래도 얘기가 쉽게 흘러갈 수 있는 조짐이 보인다.

그가 갑자기 협상을 하자고 한 것도, 나란 존재를 어느 정도 알았기 때문으로 보였다.

"그런데 넌 왜 내가 있는 세상으로 온 거지? 무슨 생각으로?"

그가 가장 중요한 것을 물은 순간이었다.

"이미 봐서 알잖아. 내 안에는 다른 마법사가 또 있다. 이름은 사일러드란 녀석인데……."

사일러드란 이름에 에이머는 눈썹을 흠칫거렸다.

"아, 그렇게 경계할 필요는 없어. 내가 대마법사로 있는 세상의 사일러드니까. 네가 아는 사일러드랑은 달라. 이름만 같을 뿐이지."

내키진 않지만, 그는 고개를 천천히 끄덕였다.

이미 칼리토가 만든 세상이 여러 개라는 것을 알고 있었기에 얘기가 쉬웠다.

"그래서? 난 네가 무슨 생각으로 이곳에 온 건지를 물었는데, 어째서 갑자기 사일러드란 이름을 꺼내는 거지?"

"내 안에 있는 녀석과 연관이 있는 거니까."

"계속해 봐."

"내 안에 있는 사일러드는 플레우드가 아닌 소환사야. 그리고 녀석은 대상을 흡수하는 능력을 가졌지. 대상을 흡수하고 나면, 대상이 가졌던 능력도 고스란히 자신이 사용할 수 있고."

"……네 팔이 늑대의 머리로 변한 것과 내 몸에 일어났던 그 이상 증세가 전부?"

그제야 에이머는 눈치를 챘다.

"응. 너를 흡수하기 위해 이곳으로 왔거든. 그것들은 전부 너를 흡수하기 위한 과정이었고."

쾅!

제 스승을 흡수하려고 했다는 말에 발끈한 타일런트가 주먹으로 테이블을 세게 쳤다.

"흥분하지 마, 타일런트."

에이머는 그런 타일런트를 즉시 제지했다.

그가 흥분해 분위기를 망치면 자연스럽게 흘러갈 대화가

무산될 것이라는 계산에 나온 행동이다.

"그렇지만……."

타일런트는 여전히 분한 모습이었다.

나도 그런 타일런트를 이해 못 하는 것은 아니다.

입장 바꿔 놓고 생각해 보자.

내 스승님을 누군가가 와서 흡수하려고 했다면, 나도 지금의 타일런트처럼 똑같은 행동을 보였으리라.

그렇기에 그의 행동과 마음은 이해가 되지만, 그래도 어색하다.

내 세상에선 나를 죽였던 타일런트란 인물이, 이곳에선 그 무엇과도 바꿀 수 없는 충신이라는 상반된 모습을 보이고 있기 때문이다.

"그런데…… 날 흡수해서 뭘 하려고? 그게 가장 중요한 것 같은데."

에이머는 본질을 바로 물었다.

"내가 사는 세상의 불 원소엔 이런 말이 있어."

"무슨 말?"

"불 원소 단일 원소사만이 도달할 수 있는 경지가 있다. 그 경지의 마법을 사용하면. 상성이건 뭐건, 아무것도 없다. 오로지 대상이 소멸할 때까지 타는, 불 원소만의 궁극기와 같은 마법의 경지. 그 불은 어떤 마법으로도 절대 끌 수 없다고 하더군."

"아르키스 님…… 저거 혹시…… '리로라이즈(Reroize)'를 말하는 거 아닙니까?"

한창 설명하던 중에, 타일런트가 에이머에게 물었다.

"리로라이즈?"

나도 처음 듣는 용어다.

아무래도 이 세상에서만 사용하는 용어로 보였다.

그리고 내 설명을 듣고 바로 저 용어가 나온다는 것은, 이 세상에도 분명하게 존재한다는 것은 맞았다.

"너도 봤지 않던가, 네 마법이 내 마법에 닿는 순간 그대로 소멸하는 것을? 그것이 리로라이즈다. 리로라이즈란, 특정 형태를 가진 마법이 아니지. 성질을 부여하는 마법이거든."

이번엔 에이머의 설명이다.

그가 말한 특정 형태의 마법이 아니란 것은, 둠 리포좀이나 여타 보주화처럼 정해진 형태를 가진 마법이 아니란 뜻이다.

물에 커피 분말을 타면, 분말이 녹으면서 커피가 되는 것처럼 성질을 변화시키는 마법이다.

'그래, 명색이 대마법사인데 그런 너의 마법이 너무 아무렇지도 않게 소멸하는 게 이상했어.'

내가 살던 세상에선 그 경지를 칭하는 용어가 없었지만, 불 원소의 세상이라 그런가.

칭하는 용어까지 존재한 게 내심 신기했다.

"그래서. 네가 예정대로 나를 흡수했다고 치자. 그 뒤 계획은 뭐였지?"

"그대로 아스파나다로 돌진. 칼리토와 담판 지으려고 했지. 칼리토를 몰아내고, 내가 그의 자리를 차지하기 위해."

"그 과정에서 꼭 리로라이즈가 필요한 건가? 내가 듣기엔 리로라이즈가 없어도 상관없을 것 같은데? 그리고 칼리토를 몰아내려면 리로라이즈보다 더 확실한 무기가 너한테 있지 않나? 흡수."

핵심 잘 짚었다.

리로라이즈로 죽을 때까지 태우는 것보다, 흡수하면 깔끔하게 끝나는 건데, 굳이 리로라이즈가 필요한 거냐는 뜻이다.

"흡수라는 게, 만능의 마법이 아니야. 이를테면 이런 것과 비슷하지. 네 앞에 스테이크가 있다고 치자. 한입에 스테이크를 자르지도 않고 통째로 삼키라면, 넌 삼킬 수 있나?"

"……힘들지."

"그렇지. 힘들지. 입 큰 녀석이라면 정말 가능할지도 모르지. 입 쫙 벌리고 턱까지 찢어야 될까 말까잖아?"

"칼리토를 흡수해도 그것과 마찬가지로 성공 확률이 없다는 것처럼 들리는데."

에이머도 나와 같은 대마법사라 그런지 말이 확실히 잘 통했다.

"정답. 상대가 너무 거대해, 내 안에 있는 사일러드란 놈이 제대로 소화할 수도 없을 정도로. 오히려 잘못 먹었다가 우리가 먹히지."

"그런 위험부담을 줄이기 위해서 리로라이즈를 이용하려고 했다?"

난 고개를 끄덕이며 한 가지를 덧붙였다.

"그 이후에도 리로라이즈는 꼭 필요했거든."

"그것도 설명해 보겠나? 칼리토를 몰아낸 이후엔 뭘 하려고 했는지."

"칼리토의 세상을 부숴, 경계 없는 세상을 만들려고 했다, 여덟 개로 찢어진 아스파나다의 주인을 한자리로 모으기 위해. 리로라이즈라면 세상을 부수는 것도 가능하잖아. 내 제자도 비슷하게 했거든."

에타르가 나를 살리기 위해 나를 강제로 밑의 세계로 보내고 사일러드와 맞선 이후.

위의 세계가 있는 하늘엔 불이 붙었다.

그것만 보더라도 리로라이즈란 마법은 세계 그 자체에 영향을 줄 수 있는 마법이라는 건 확실하다.

에타르보다 더 강하게 리로라이즈를 구현할 수 있다면, 세상을 부수는 것도 가능하다고 여겼다.

그리고 단순히 그것만 보고 계획을 세운 것도 아니다.

칼리토는 분명히 말했다.

아스파나다의 현재 주인 서열 1위는 불 원소를 다루는 마검사라고.

그러나 그가 다루는 불 원소는 우리가 아는 일반 불 원소와 다르다고 했었다.

그렇기에 난 불 원소가 가진 그 리로라이즈라는 경지가 사실은 칼리토가 본래 가지고 있던 게 아닌, 아스파나다의 주인이 주력으로 사용하는 마법이 아닐까 하고 생각했다.

칼리토는 아스파나다의 중앙으로 진출하기 위해 여덟 개의 세상을 만들고 일부러 난관을 부여해, 세상 속 구성원들이 어떻게 헤쳐 나가는지를 지켜보고 있었다.

이 두 가지 정황을 보고 난 생각한 것이다.

'칼리토는 상성을 무시하는 불 원소 마법의 파훼법도 찾으려고 했구나.'

그가 세상을 운영하면서 찾고 싶었던 것은 딱 두 가지.

첫 번째는 검사를 제압하는 방법과.

마지막은 리로라이즈의 파훼법.

어차피 칼리토가 운영하는 세상 속 마법은 전부 칼리토가 설정한 대로 움직인다.

그가 리로라이즈를 사용할 수 없다고 해도, 자신이 만든 세상 속 마법사 한 명에게 절대 꺼지지 않는 화염을 구현하는 것을 부여하는 것도 그리 어렵지 않았을 거다.

난 그걸 역으로 이용하기 위해 불 원소 세상으로 왔다.

'네가 여태껏 나한테 말하지 않고 꼭꼭 숨겼던 계획의 정체가…… 그렇게 무식한 거였냐?'

에이머에게 설명하자, 이젠 사일러드가 발끈했다.

내 계획이 실현도 제대로 안 될 것 같고, 너무 무모하다는 반응이다.

이는 에이머도 마찬가지였다.

"애써…… 우리의 창조주를 없애고 나서 벌일 일이 겨우…… 세상의 경계를 허물고, 아스파나다의 다른 주인을 한곳으로 모은다라? 이건 자살행위가 아닌가? 그 속에서 어떻게 살아남으려고?"

"뭐, 듣기에 따라선 자살행위가 될 수도 있지. 그런데 난 그렇게 생각 안 해."

"자신만만하군. 근거라도 있는 것 같은데."

"당연히 근거를 가진 채로 행동하지."

"그 근거가 무엇일까?"

"솔직히 나도 칼리토를 몰아내는 방법이 제일 막막했어. 우리가 사용하는 모든 마법은 그놈에게서 나왔다고 해도 과언이 아니니까."

"그렇지. 창조주니까."

"그런데 여기에 오기 전 상황을 내가 직접 목격하고선 정말 가능하겠다는 생각이 들더군."

"무슨 상황이었지?"

이건 말로 설명할 필요가 없다.

난 이번에도 에이머에게 링킹을 연결해 당시의 상황을 보여 줬다.

단, 이번엔 에이머에게만 연결한 게 아닌, 그의 옆에 있는 충신 타일런트에게도 보여 줬다.

내가 보여 준 장면은 바로 정령으로 변한 세라스가 폭주하면서, 칼리토가 제어도 하지 못하고 휘둘렸던 그 장면이다.

"……괴기한 형체의 정령이군."

"그 정령의 이름은 세라스. 아스파나다의 서열 6위 마법사다."

"……서열 6위?"

"응. 칼리토의 바로 밑에 있던 서열자지. 그런 그녀가 지금은 정령이 돼서 폭주 중이야. 난 그 틈을 이용해 네가 있는 이곳으로 비교적 쉽게 올 수 있었던 거고."

에이머와 타일런트는 잠시 말을 멈췄다.

가만히 있는 건 그들의 입이지, 머릿속은 현재 누구보다도 불타게 움직이고 있을 것 같았다.

"그래, 좋아. 그렇다고 치고……. 그런데 아스파나다의 경계를 부수는 일은 꼭 해야만 하는 건가? 아무리 생각해도 그건 다 동반 자살로밖에 안 보이는데."

에이머는 이 문제를 집요하게도 물고 늘어졌다.

"아니라고. 적어도 내 생각으론 안 그래."

"우리보다 몇 배, 혹은 몇십 배가 강한 마법사들이 우글거리는 곳인데 어떻게 살아남으려고? 우린 아스파나다로 가면 개미에 지나지 않아. 반면, 그들은 거인이지. 그들이 무심코 걷는 발걸음에도 우린 쉽게 터져 나갈 수 있다고."

'나도 저 에이머의 말에 동의한다. 애써 살았는데 그 기회를 우리 스스로 걷어차는 것과 마찬가지야.'

이젠 사일러드까지 나섰다.

'넌 좀 조용히 하고 있어. 도움이 하나도 안 되네.'

'……'

난 이들과 생각이 다르다.

그리고 내가 세운 계획만이 정답이라고 믿기에, 그들의 만류는 아예 들리지도 않았다.

"내가 링킹으로 계속 보여 줬잖아. 아스파나다는 질서와 체계가 명확하게 잡혀 있어. 그래서 하위 서열자가 상위 서열자에게 도전하러 가야만 전쟁이 시작돼."

"……"

"왜? 그래야만 도전자가 상위 서열자가 될 수 있거든. 그런데…… 그 질서를 무너뜨리면…… 어떻게 되겠어? 굳이 단계를 밟지 않고 서열 1위에게 다이렉트로 도전할 수 있는 상황이 주어진다면?"

그 순간, 에이머와 타일런트의 눈빛이 조금 변했다.

이전까진 연신 고개를 갸우뚱거리며 불만족스러웠다면, 지금은 정말 희망을 본 듯한 눈빛이다.

"고래 싸움에 새우 등 터진다는 말이 있어. 우리는 아스파나다에 가면 새우에 지나지 않아."

"아니. 우린 새우도 아니야. 고래는 아스파나다의 서열 1위. 그리고 새우가 그 밑에 있는 나머지 것들."

"……그럼 우리는 뭔데?"

"바다에 꼭 물고기들만 있나? 다른 것도 많잖아?"

"그러니까 그게 뭐냐고."

에이머는 답답했는지 조금 목소리를 높였다.

"해초."

"……해초?"

"응. 우린 해초처럼 멀리 떨어져서 그들의 싸움을 구경만 하면서 살 궁리를 하면 돼. 아스파나다의 모든 주인이 한곳에 모여지게 되었을 때. 어차피 우린 영양가가 없거든. 다이렉트로 1위에게 도전하러 갈 수 있는데, 굳이 우릴 노리겠어? 하찮은 5위를?"

"흐음……."

내 의견을 들은 에이머와 타일런트는 진지한 고민에 빠졌다.

그들이 생각하기에도 내 의견은 꽤 철저한 근거 속에서 나온 생각이란 걸 인정하는 눈치다.

그러나 그렇다고 무조건 인정만 하는가?

그건 또 아니다.

분명히 그들은 걱정도 하고 있었다.

"내 생각대로 되지 않았을 땐 어떡하나, 이 생각을 하고 있나?"

"링킹으로 보고 있었나?"

에이머의 질문이 내 예상이 정확하단 뜻이었다.

"아니. 굳이 링킹으로 볼 필요가 있나? 표정만 봐도 답이 나오는데."

"네 말대로야. 모든 일엔 변수란 게 있어. 그 변수도 생각해 봐야지. 오히려 우릴 노리는 누군가가 있을지도 모르니까."

"나도 잘 알지. 그런데 이번은 눈 딱 감고 그냥 저질러 보자는 게 내 의견이다."

"이렇게 중요한 일을 어떻게 그렇게 감정적으로 결정하지?"

"그럼 뭐? 방법 또 있어? 이대로 있으면 어차피 칼리토에 의해 네 세상은 물론. 내 세상도 소멸되고 그 속에 있는 구성원들도 전부 소멸해. 그때가 되면 반격할 기회 자체가 없다고."

"……."

"어차피 이 일에 안전이란 건 없어. 내가 말하고 싶은 것은 딱 하나. 발버둥이라도 쳐 보고 살 수 있는 희망을 볼 것이냐, 아니면 무기력하게 소멸될 것이냐."

아무것도 하지 않으면, 그 끝에 기다리고 있는 결과는 이미 정해져 있다.

정말 칼리토가 말한 '운명'이란 것을 무기력하게 받아들일 것이냐.

아니면 그 운명으로부터 벗어나는 '노력'이라도 할 것이냐.

이것의 차이다.

난 노력을 택했고, 결정을 번복할 마음은 처음부터 없었다.

칼리토가 멋대로 세운 운명을 받아들인 순간.

우리가 여태껏 해 온 노력은 전부 부정하게 되는 것과 똑같아지니까.

난 그 사실을 에이머에게 강조했다.

"에이머, 네 세상 속의 사일러드를 제압하기 위해 해 온 과정들과 그 속에서 생긴 희생들, 잊지 않았겠지?"

"어떻게 잊을 수 있어? 다 나에겐 소중한 사람들이었다."

내가 에이머의 기억을 링킹으로 뒤졌을 때 그가 겪은 아픔들도 같이 볼 수 있었다.

그에게는 본래 제자가 타일런트만 있는 게 아니었다.

이 세상의 라믹 리비아, 미르네 카비르, 라무스 트레샤,

루스 알프릭 등등 플레우드와 소환사를 제외한 각 원소마다 제자가 전부 있었다.

그러나 그 제자들은 지금 보이지 않고 어둠 원소의 타일런트만 보이는 이유는 사일러드를 제압하는 과정에서 그들이 희생되었기 때문이다.

"칼리토가 정한 운명을 받아들이면 결국, 그들의 희생을 욕되게 하는 일이라고 생각한다. 나도 그 생각 때문에 이런 무모한 짓도 계획한 거고. 어떻게든 발악해서라도 그들과 함께 살아갈 수 있다면 그러고 싶으니까."

"……."

에이머는 입을 다물고, 그저 나를 지그시 쳐다만 봤다.

"운명은 없어. 운명이란 말은 그저 현실도피에 지나지 않아. 노력으로 충분히 바꿀 수 있지. 그 증거로 내가 마검사가 된 것은 칼리토가 의도한 게 아니라고 했으니까."

칼리토가 전부 100% 의도한 대로 움직이지 않는 세상.

그것은 단순히 그가 만든 세계에 국한되는 게 아닌, 아스파나다에서도 충분히 통할 거라는 믿음 아래에 행한 일이다.

"노력으로 운명을 뒤바꾼다라……."

"그래. 노력하지 않는 사람들이나 핑계로 사용하는 말이 운명이거든. 그런데 너나 나나 노력하지 않는 사람들은 아니잖아? 우리가 원하는 세상을 갖기 위해 얼마나 노력했는데."

"그랬……지."

"아직 그 노력이 끝나지 않았을 뿐이야."

그렇게 다시 에이머는 침묵의 상태로 돌아갔다.

"아르키스 님⋯⋯."

그러던 중, 타일런트가 그의 손을 붙잡고 먼저 입을 열었다.

"왜 그러지, 타일런트?"

"저자의 말이 맞습니다. 저희가 애써 되찾은 세상인데⋯⋯ 이대로 사라지게 놔둬야 할까요? 먼저 떠나가 버린 제 동문들도 그것을 바라진 않을 것 같습니다."

웬일로 이번엔 타일런트가 먼저 나섰다는 게 내심 신기했다.

'나 참. 아무리 봐도 익숙해지지가 않는군. 그 타일런트가 여기에선 저렇게 순진무구하다니.'

사일러드는 그런 타일런트가 여전히 어색할 뿐이다.

'서로 사는 세상이 다른데, 성격도 당연히 다르겠지. 그냥 그렇게 받아들여. 깊게 생각하지 말고. 확실한 건 저 타일런트는 우리가 아는 타일런트가 아니니까.'

'단순해서 좋겠군.'

'합리적인 거지.'

"좋다."

나와 사일러드가 링킹을 통해 이야기할 때, 드디어 에이머의 입이 열렸다.

그는 내게 손을 내밀었다.

"단, 조건이 있다. 난 너에게 흡수되지 않아. 네가 세운 계획을 위해 내 리로라이즈를 사용하마. 이 정도면 만족한 결과인가?"

"물론이지."

난 그렇게 에이머의 손을 맞잡았다.

"그런데…… 왜 날 흡수하려고 한 거야? 지금처럼 이렇게 설득하면 됐던 거잖아."

모든 협상이 체결되자, 그는 이제 정말 개인적으로 궁금한 것을 물었다.

"네가 설득될 거란 보장도 없을뿐더러. 주어진 시간이 많이 없었거든. 그래서 후다닥 너를 흡수하고 다시 돌아갈 생각이었거든."

"돌아가? 어떻게? 넌 자력으로 아스파나다로 향하는 길을 열 수 있단 뜻인가?"

"아니. 칼리토가 아스파다에서 포털을 열어 줘야만 갈 수 있거든. 그런데 그놈이 지금 날 원하고 있어. 그렇기에 아스파나다로 통하는 문을 열어 줄 거라 생각한 거다."

"……그래?"

"그래서 시간이 많이 없어서 무턱대고 공격한 거다. 뭐, 사실 따지고 보면 공격은 네가 먼저 하긴 했지만……."

"그런데……."

에이머는 주변을 살피듯, 고개를 두리번거리며 계속 무언가를 확인했다.

"네가 말한 것처럼 시간이 그렇게 없는 것 같지 않은데? 네 말대로라면 지금도 아스파나다로 향하는 포털이 열려야 하잖아? 그런데 왜 잠잠하지?"

"……."

그러고 보니…… 정말 그의 말을 듣고 나서야 알게 되었다.

'이곳에 오기 직전, 세라스가 폭주한 게 있긴 하지만…… 이렇게 시간이 오래 끌릴 일인가?'

이제 사일러드도 이 현상에 대해 의문을 품기 시작했다.

확실히, 지금 시간이 상당히 지체되었음에도 칼리토는 너무 조용하다.

이미 세라스를 온순하게 만들고 가만히 지켜보고 있는 걸까?

그건 절대 아닐 거다.

만약 이 상황을 지켜보고 있었다면.

그는 연신 링킹으로 나를 괴롭히고 있을 게 뻔했다.

이를테면 이런 말을 계속했을 거다.

'그런 생각이었어?'

'내가 그런 어설픈 계획에 당할 것 같아?'

그는 이 세계의 창조주.

따라서 아스파나다에 있으면서, 전부 상황을 지켜볼 수 있다.

그런데 지금은 그런 링킹도 없다.

이것이 뜻하는 것은 둘 중 하나로 나뉘게 된다.

첫째, 세라스의 폭주가 칼리토 혼자서 어떻게 할 수 없을 정도로 강력하다.

둘째, 세라스만이 아닌 부가적인 어떠한 문제가 생겼다.

난 하필이면 불 원소 세상에 들어온 상태이기에, 아스파나다의 상황을 살펴볼 수 없다는 게 가장 큰 문제였다.

그러던 중, 에이머가 일어나며 말했다.

"어쨌든 확실한 건 아직 시간이 조금 있다는 거지? 그리고 창조주인 칼리토가 지금 이곳 상황을 지켜볼 정도로 여유롭지 않다는 것까지."

"……그런 것 같다. 그게 아니고선 설명이 되질 않으니까."

"그럼 됐어. 타일런트."

"네, 아르키스 님."

"마법사들 전부 모아라. 이 학교의 강당으로 오라고 해."

"……혹시 무슨 일 때문에?"

타일런트가 에이머에게 물었지만, 에이머는 도리어 나를 쳐다보며 물었다.

"내 세상의 마법사들과 함께 아스파다나로 향해도 되겠

지? 우린 해초라며? 해초는 모여 있잖아? 어차피 마법적으로 상대가 되지 않으면 뭉쳐서 몸집이라도 불려야지. 게다가 이 세상이 사라질 수도 있으니, 그들과 함께 가는 게 옳다고 생각한다."

"네 부하들까지 데리고 나와 합세하여 칼리토에 맞서겠다는 건가?"

"그렇다. 소수보단 다수가 나을 거니까."

난 진지하게 고민했다.

나도 이미 이곳에 오기 전, 내가 살던 세상의 마법사들에게 링킹을 담은 투명한 눈송이를 내렸다.

그리고 그들에게 전한 메시지는 바로 '빨간 포털이 열리게 되면 모두 그 포털 속으로 고민도 하지 말고 몸을 밀어 넣어라.'였다.

불 원소의 에이머가 이끄는 마법사들에 내가 이끄는 마법사와 마검사, 검사 들까지 합세한다면?

제아무리 창조주 칼리토라고 하더라도 숫자로 밀어붙이면 어떻게든 될 것 같은 기분이 들었다.

"꽤 좋은 생각인데?"

난 긍정적인 반응을 보였다.

'그런데 나 궁금한 게 있어. 이게 정말 의미가 있을까?'

다 된 밥에 사일러드가 재를 뿌리는 격으로 물었다.

'왜 또?'

'칼리토는 우리의 창조주잖아? 우리도 어쨌든 소환 마법으로 만들어진 것과 다름이 없는데. 내가 내 조각들을 소멸시킨 것처럼, 그냥 소멸시켜 버리면 그만 아닌가?'

사일러드는 키에나, 헤이, 쿠로, 테슬라라는 생명체를 실제로 만든 장본인.

그렇기에 문제점을 짚었다.

'그게 가능했으면 진작 그러지 않았을까? 아무래도 네가 꼭대기에서 세 학생을 소멸시킨 것과는 조금 다른 상황 같은데?'

이것 역시 정답인지 아닌지 모른다.

그러나 정말 내 말대로 칼리토가 손가락만 까딱해서 소멸시킬 수 있는 힘을 가지고 있다면 뭐 하러 귀찮게 나를 아스파나다로 일일이 불러내는 짓을 할까?

심지어 그는 세라스와의 싸움이 완전히 끝이 나지도 않았는데도 날 불러냈다.

즉, 그것만 놓고 봤을 때 사일러드가 세 학생을 소멸시킨 것처럼 간단하게 소멸시킬 수 없다는 뜻이 되기도 한다.

그리고 사일러드도 자신의 힘으로 당시 그 세 학생을 소멸시킨 것도 아니다.

엄연히 따지고 보면, 세 학생 스스로가 사일러드의 품으로 돌아갔다고 보는 게 옳았다.

사일러드가 자신의 품으로 돌아오라고 명령했을 때, 그들은 순종적으로 무릎을 꿇고 기류로 변했으니까.

하지만 지금 우리는 순종적으로 칼리토의 명령에 따르는 것이 아니다.

난 그런 정황들을 설명했다.

'음…… 듣고 보니…… 확실히 그럴 수도 있어. 난 내가 만든 학생들에게 본래의 모습으로 돌아오라고 명령했고, 조각으로 변한 건 내가 그렇게 만든 게 아닌 학생들 스스로가 한 행동이었으니까.'

확실한 건 칼리토가 '하지 않은' 게 아니라 '할 수 없는' 것일 확률이 상당히 높다는 것이다.

이것만 놓고 보면 승산은 있다.

따라서 전부를 이끌고 아스파나다로 가서 아수라장으로 만드는 계획이.

절대 의미 없는 짓이 아니란 뜻이다.

"에이머."

불 원소의 에이머가 마법사들을 모으기 위해 자리를 비우기 전, 그를 다급하게 불렀다.

"뭐지?"

"최대한 빨리 부탁한다. 그리고…… 네가 대충 상황 설명 좀 해 줘. 내가 직접 링킹으로 보여 주는 것보다, 이 세상의 대마법사인 네가 직접 설명하는 게 그들이 더 쉽게 믿을 수 있을 거잖아."

"어렵지 않다."

그는 간략한 답만 남기고 그대로 타일런트와 함께 교장실을 나섰다.

"끼야아아아악─!"

쿠궁! 쿵!

세라스는 여전히 폭주 중이며, 광선을 쏘아 댔다.

그럴수록 칼리토의 소중한 책장과 책 들이 무참하게 난자되며, 사라져 갔다.

칼리토는 그런 광경을 그저 지켜만 봐야 했다.

'미치겠네⋯⋯!'

삐이이이!

여전히 일루전이 이명과 함께 칼리토를 괴롭히고 있기 때문이었다.

칼리토는 슬쩍 뒤를 쳐다봤다.

아르키스 에이머가 몸을 던진 불 원소 세상 제단이다.

눈에 힘을 잔뜩 주며 겨우 확인할 수 있었던 건 현재 플레우드의 아르키스 에이머 혼자 있다는 것이었다.

'⋯⋯뭐지? 설마 불 원소의 아르키스 에이머까지 처리한 건가? 그런데 그럴 이유가 있나? 뭐 하러 그런 짓을 한

거지?'

그는 둘이 협상했다는 사실을 모르고 있다.

세라스와 일루전의 협공 때문에 플레우드의 아르키스 에이머가 불 원소 세상에 가서 무엇을 했는지 하나도 지켜볼 수 없었기 때문이다.

'뭐가 어떻게 됐든……! 이 귀찮은 것들부터 처리해야 해……!'

이 상황을 타개할 수 있는 방법은 에이머를 흡수하는 일.

그것만이 돌파구다.

칼리토는 불 원소 세상 속에 있는 플레우드의 아르키스 에이머를 향해 포털을 열었다.

해초들의 반란

교장실에서 에이머를 기다리던 중이었다.

우리의 앞에 하얀색 포털이 열렸다.

'……올 것이 왔군.'

사일러드가 열린 포털을 보며 한 말이다.

드디어 아스파나다로 향하는 길이 열린 순간이다.

'어떡할 거야? 아직 불 원소 아르키스 에이머가 오지 않았는데.'

'어떡하긴. 무시하고 버텨야지.'

아스파나다로 향하기 위한 준비물이 있다면 바로 불 원소 에이머의 리로라이즈다.

아직 나는 준비가 되지 않았다.

그렇게 포털에서는 시선을 떼고, 난 아무것도 보이지 않는 것처럼 차나 마시면서 에이머가 오길 기다렸다.

⁂

'뭐야……? 왜 저러고 있어……?'

한편, 아스파나다에서 세라스와 일루전의 견제에 맞서는 칼리토는 슬쩍 링킹을 확인했다.

분명히 이곳으로 오는 길을 연 상태인데, 에이머는 느긋하게 차나 마시는 광경을 목격했다.

일루전의 환상 마법으로 인해 눈을 부릅뜨면 두통까지 동반되는 열악한 상황임에도 링킹에서 눈을 떼질 못했다.

이미 포털을 연 지 꽤 시간이 흘렀다.

그런데도 에이머는 포털 쪽으로 아예 시선이 가지도 않고 유유자적 차만 마시고 있으니, 칼리토에겐 고문이 따로 없었다.

'일루전과 세라스를 한 번에 잠재우려면 에이머의 그 힘이 필요해…….'

마법을 사용할 수 없는 상태에서 순수 무력으로 자신의 마법을 깨부순 모습을 두 차례나 보여 줬던 플레우드의 아르키스 에이머.

아스파나다의 서열 1위, 2위의 마검사들이 사용하는 그 힘이 지금 절실하게 필요했다.

분명히 그 힘만 온전히 흡수한다면, 일루전의 이 귀찮은 환상 마법으로부터도 해방할 수 있을 거란 믿음을 가졌다.

'가서 에이머를 강제로 데리고 와.'

그는 끝내 강수 하나를 뒀다.

바로 그의 정령에게 불 원소 세상으로 넘어가, 직접 데리고 오라는 것이었다.

이렇게 되면 세라스와 일루전의 협공을 버티는 것이 더욱 위태롭게 변하지만, 정령이 성공적으로 에이머를 데리고 오기만 한다면 둘을 손쉽게 제압할 수 있으니.

칼리토의 입장에선 리스크가 크더라도 충분히 시도할 가치가 있는 일이었다.

정령은 유유히 불 원소 제단으로 향했다.

"뭐 하려는 거야? 정령이 왜 갑자기 저기로 갈까?"

당연, 일루전이 놓칠 일도 없었다.

"시끄럽고 넌 나한테나 신경 써."

칼리토는 일루전의 신경을 완전히 자신에게 집중시키도록, 일루전을 향해 책장 속 책을 전부 펼쳤다.

이미 세라스에 의해 상당 부분 소실되었지만, 그래도 사용할 수 있는 수량은 아직 넉넉한 상태다.

"우와, 일반 책이 아니었구나. 어쩐지, 너무 비정상적으로 많다고 생각했어."

일루전도 칼리토의 본마법을 처음 본 순간이다.

하지만 그는 위기감이 느껴지지 않는 목소리로 말했다.

"근데 무슨 소용이야. 어쨌든 마법을 적중시키려면 내가 제대로 보여야 하는데. 못 보게 하면 그만 아닌가?"

이에 조금 더 강한 환상 마법을 추가로 구현했다.

바로 칼리토의 눈에는 일루전의 모습이 펼쳐 놓은 책들의 수만큼이나 많아진 것이다.

"이래 가지곤 진짜 내가 어디 있는지 모르겠지? 마법이 대단하면 뭐 하나, 안 맞으면 그만인데."

'에이머! 포털에서……!'

여전히 느긋하게 불 원소 에이머를 기다리던 중.

사일러드가 다급하게 소리쳤다.

난 그의 목소리를 따라 포털로 시선을 옮기니, 그곳에선 칼리토의 정령이 뜬금없이 튀어나왔다.

"이건 또 무슨 상황일까?"

정령을 직접 보낸 칼리토의 행동.

난 이것만 보고 한 가지 추측이 생겼다.

바로, 칼리토는 지금 상당히 급한 상황이며 나를 빨리 아스파나다로 데리고 오기 위해 정령을 이 세상으로 보냈다는 것을.

정령은 나를 보자마자 투명한 촉수들을 뽑아냈다.

내가 예전에 사용했던 '피콕'이란 마법과 상당히 유사한 형태였다.

촉수들이 지체 없이 나를 향해 빠른 속도로 다가오자 난 벌떡 일어나며 플레우드 마검을 소환해, 다가오는 촉수들을 쳐 냈다.

마검은 정령이 뽑아낸 촉수에 닿자마자 그대로 소멸했다.

'역시…… 플레우드 정령이라서 마법을 아예 사용할 수 없는 건가.'

촉수의 움직임을 보자니, 내 몸을 묶으려는 게 다분했다.

내 몸을 묶으려는 이유도 날 강제로 아스파나다로 데리고 가기 위한 행동이겠지.

나는 그대로 새로운 마검은 소환하지 않고 다가오면 몸으로 움직이며 피했다.

콰앙-!

쾅!

피하면서 바닥을 찍은 촉수는, 바닥을 그대로 부숴 버리는 살상력도 살벌하게 갖춰진 마법이었다.

'화끈하네.'

정령을 상대로 이렇게 피하기만 하는 것도 힘에 부치는 일이다.

난 정령의 촉수들을 피하면서 내내 생각했다.

여기에서 정령을 내 힘으로 없앨 수 있을까?

어차피 아스파나다로 향하게 되면 정령은 물론, 칼리토도 우리가 가진 힘으로 없애야만 했다.

어차피 없애야 할 대상 중 하나.

따라서 지금 없애는 것도 꽤 괜찮은 선택이다.

'자, 그럼 어떻게 없앨까…….'

정령이 있는 한, 플레우드 마법을 사용할 수 없다.

정령은 형체를 가진 마법을 구현하면 기다렸다는 듯이 내 마법을 무력화시키는, 움직이는 보주화 같은 존재다.

그렇다면 난 마법을 사용하지 않고 정령을 없애야 한다는 뜻이 된다.

'그게 가능할까…… 신체 능력만으로 정령을 없애는 게?'

고민하던 중, '혹시……?' 하며 두 가지 방법이 생각났다.

첫째. 난 이미 아스파나다에서 정령이 나를 속박했을 때, 신체의 힘만으로 정령의 마법을 깨 버린 적이 있다.

그것도 두 차례나.

그리고 둘째, 첫 번째 사실을 이용하여.

불 원소 에이머가 싸우는 방식을 적용해 보기로 했다.

불 원소 에이머가 사용한 파이지컬처럼, 마법을 형체를 가진 무언가로 구현하는 게 아닌 자신의 몸에 적용하여 신체 능력을 폭발적으로 끌어올리는 그 방식을.

분명히 플레우드 정령이 있는데도, 난 무력으로 마법을 깬 적이 있기에 충분히 시도할 수 있는 방법이라고 생각했다.

그리고 파이지컬은 헤이가 있었을 때부터 숱하게 본 마법이기에 충분히 눈에 익은 마법이고, 원리도 잘 알고 있다.

따라 할 수 있는 마법이란 뜻이다.

정령이 있으면 플레우드 마법을 사용할 수 없다.

정령이 내가 마법을 사용하는 걸 허락하지 않기 때문이다.

그러나 그런 정령이, 내가 힘으로 마법을 깼을 땐 무기력하게 아무것도 하지 않았다.

그것이 과연 하지 않은 걸까, 할 수 없었던 걸까?

당시의 상황을 회상하면, 정령은 분명하게

내 몸에 마법으로도 어찌할 수 없는 무언가가 있다는 뜻이 된다.

그렇다면 이것을 이용하여, 마법을 마검처럼 형체화하는 게 아닌 파이지컬처럼 내 몸 안에 간직하게 하는 형태라면?

과연 그럴 때도 정령은 마법을 무력화시킬 수 있을까?

난 이것을 실험했다.

곧장 파이지컬을 그대로 따라 해 봤다.

플레우드 마법을 몸 내부에 간직하듯, 파이지컬을 구현한 것이다.

그런데 그 순간 놀라운 일이 일어났다.

'뭐야……? 정령의 존재가 통하지 않는 거야, 지금?'

사일러드도 놀랐다.

그도 플레우드 정령이 있는데도 플레우드 버전의 파이지컬이 사라지지 않고 내 몸 안에서 활발히 활성화되고 있는 것을 느낀 것이다.

'아무래도 이게 정답인 것 같군.'

그대로 난 혜성처럼 정령에게 달려갔고, 주먹으로 정령의 가슴을 세차게 때렸다.

퍼엉-!

공기가 가득 찬 풍선이 터지는 듯한 경쾌한 소리가 나면서…….

콰앙-!

저 멀리 날아간 정령은 그대로 교장실 벽에 박혔다.

'……이거 어떻게 한 거냐?'

'파이지컬 플레우드 버전. 이로써 확실하군. 마법을 내 몸에 간직하는 형태라면 플레우드 정령이 있어도 마법의 힘을 이용할 수 있어.'

정령과 신체적인 접촉이 있었는데도 파이지컬은 사라지지 않았다.

정령은 내 마법을 무력화하지 않은 게 아니라, 할 수 없었다는 게 확실히 입증이 된 순간이다.

이 방법이라면 거대한 창조주 칼리토도 정말 어렵지 않게 없앨 수 있다.

그런데 그 순간 내 발이 늑대의 발로 변하면서, 발톱도 거대해지며 신발을 뚫고 나왔다.

사일러드가 내 발을 늑대의 발로 변이시킨 것이었다.

'뭐 하는 거냐······?'

'도움이 될 거 같아서. 검사들처럼 몸으로 싸우는 방식이라면, 늑대의 발이 더 효율적이지 않겠어?'

나를 흡수하기 위한 변이가 아닌, 나를 도와주는 변이였다.

확실히 사일러드의 말이 맞다.

발이 늑대의 발로 변하니, 움직일 때도 속도가 훨씬 빠르게 나왔다.

거대한 발톱 덕분에 빠르게 움직여도 미끄러지지 않아 바닥을 찍으면서 지탱할 수 있는 힘이 생기니, 확실히 효율적이었다.

보통 빠른 속도로 움직이다가 급정지를 하게 되면, 관성에 의해 본래 내가 정지하려던 지점으로부터 조금 밀려나게 되는데, 발톱으로 바닥을 찍어 버리니까 급정지도 가능해졌다.

'오호······ 이게 꽤 괜찮은데?'

외관으론 몸이 인간이면서 다리는 늑대의 다리로 변했으니 꽤 흉측한 상태이겠지만, 지금 비주얼을 따질 땐가?

정령을 없애는 게 우선이었다.

'사일러드, 하려면 확실히 하자. 손톱도 부탁한다.'

'어렵지 않지.'

사일러드는 즉시 내 손도 변이시켰다.

다만, 조금의 차이가 있다면 손이 늑대의 발로 변한 게 아닌, 손은 인간의 손 그대로를 간직하되.

손톱만 라이칸들이 가진 손톱처럼 거대하고 날카롭게 변했다는 것이다.

정령은 발악이라도 하려는 건지, 촉수를 내게 다시 뿜어냈다.

다가오는 촉수를 향해 두 손을 휘두르자, 촉수들은 부드러운 케이크가 잘려 나가듯이 그대로 절단되었다.

난 벽에 박힌 정령에게 돌진하여, 정령의 가슴에 날카로운 손톱을 밀어 넣었다.

퍼석.

그 단단하던 정령의 몸이, 촉수에 뚫린 것처럼 부드럽게 뚫렸다.

"아스파나다로 향하는 시기는 내가 정한다, 너한테 강제로 끌려가는 게 아니라."

이는 정령에게 하는 말이 아닌, 정령의 주인 칼리토를 향한 말이다.

분명히 칼리토도 이 상황을 보고, 듣고 있을 게 분명하니까.

난 그대로 정령의 가슴을 뚫은 손톱을 위로 올려 치며, 아예 가루로 만들어 버릴 심산으로 무차별적으로 난자했다.

쿠구구궁…….

정령의 몸이 조각 단위로 나뉘며, 더 이상 온전한 정령은
남아 있지 않게 되었다.

완전히 정령의 숨통이 끊어진 순간이다.

'……대단하군. 너에게 이런 게 가능할 줄이야. 그런 너에
게 도전했던 내가 한심하게 느껴질 정도군.'

무려 플레우드 정령을 아예 묵사발을 내자 사일러드가 조
금은 겁에 질린 목소리로 변했다.

만약 나와 그가 계속 싸우는 상태였으면, 지금 정령의 모
습이 자신의 모습이 됐을 거란 생각 때문이다.

'알면 됐어.'

벌컥.

그리고 그 순간, 드디어 교장실의 문이 열렸다.

"……그 모습은 뭐야, 또? 늑대의 발과 손톱이라니."

에이머가 식겁하며 내 쪽을 보았다. 그는 우리가 싸우는
사이 부하들을 전부 교장실로 데려와 기다리고 있었다.

"왜 이렇게 늦었어? 한참이나 기다렸잖아."

"……잠깐, 저건 설마?"

에이머는 그제야 잔해로 변한 정령을 발견했다.

이미 내가 그에게 링킹으로 보여 준 적이 있기에, 정령이
어떻게 생겼는지도 알고 있었기에 잔해로 변했어도 알아본

것이다.

"응. 칼리토의 정령."

"네가…… 처리한 건가?"

"그래. 그런데 지금 이게 중요한 게 아니잖아? 준비는 다 됐어? 칼리토가 우릴 부르는데."

난 교장실에 열린 하얀색 포털을 가리키며 말했다.

"그렇다."

준비는 다 끝났다.

이제 넘어갈 일만 남았다.

'뭐야……? 내 정령…… 어디 갔어……?'

일루전을 상대하면서, 칼리토는 제단을 슬쩍 확인했다.

일루전이 환영 마법을 뿌린 것은 자신의 수가 많아 보이게 하는 환상일 뿐이다.

따라서 제단은 집중 조금만 하면 확인할 수 있는 수준이었다.

그런데 제단의 링킹에서 보이는 광경에 그는 잠시 생각이 멈출 정도로 충격을 받았다.

든든한 정령의 모습은 온데간데없고, 늑대의 발과 손톱을 가진, 흉측한 형태의 플레우드 아르키스 에이머.

그리고 불 원소 아르키스 에이머와 그의 부하들이 좁은 교장실에 전부 모인 것이다.

'아르키스 에이머…… 저 모습은…… 신체 부위 일부를 라이칸으로 변이한 건데……? 아르키스 에이머는 소환 마법을 사용할 수 없어. 그런데 어떻게 저게 가능하지……? 저런 변이를 할 수 있는 건 사일러드밖에 없는데…….'

딱 거기까지 생각이 닿았을 때다.

'설마……?'

칼리토는 아르키스 에이머가 사일러드를 완전히 소멸시켰다고 생각했다.

그런데…… 지금 그의 모습을 보니 사일러드를 흡수한 상태다.

단, 사일러드란 존재가 사라진 게 아닌, 아르키스 에이머 안에 존재한다.

따라서 완벽한 흡수라고 보기는 힘들었다.

'아르키스 에이머…… 마법을 즉각적으로 따라 하는 그 재능으로 사일러드의 흡수를 곧장 카피했단 거냐……. 그렇게 사일러드를 흡수한 거고?'

사일러드가 영혼 형태로 아르키스 몸에 남을 수 있었던 이유도.

아르키스가 흡수란 영역을 따라 하긴 했어도, 미흡한 부분이 있었기에 생긴 결과다.

엄연히 흡수란 것은 소환 마법의 영역이 아니기에, 아르키스 에이머가 따라 할 가능성은 충분했다.

그러나 아무리 그렇다 하더라도 결코 만만한 마법사가 아닌 사일러드를 흡수할 생각을 하다니.

심지어 흡수당한 사일러드는 에이머를 위해 변이까지 사용한 것이 틀림없다.

즉, 지금 사일러드는 에이머의 몸 안에 있으면서 그를 위해 자신이 가진 마법을 총동원하고 있단 뜻이 된다.

칼리토는 그제야 사태가 심각하게 흘러갔단 것을 느꼈다.

'이대로라면…….'

심지어 불 원소의 아르키스 에이머와도 함께 모인 상황.

그들이 한꺼번에 포털로 들어오려는 움직임을 포착했다.

정령까지 잃은 상황에 예상 범주를 벗어난 아르키스 에이머.

거기다가 지금 자신은 세라스와 일루전까지 상대하는 중이다.

이대로 저들이 포털로 넘어오면, 그들까지 상대해야 하는 상황에 놓이며.

결과는 칼리토 스스로도 쉽게 유추할 수 있었다.

모두를 제압할 확률이 제로에 가까울 정도로 희박하단 것을.

다시 제단을 확인할 때, 이미 아르키스 일행들은 포털 속으로 몸을 밀어 넣은 뒤였다.

상황을 돌이키고 싶어도 시기가 너무 늦어 버려, 돌이킬 수 없게 된 상황이다.

'개를 키운 줄 알았더니…… 늑대였나…….'

자신이 만든 생명체에게 역으로 먹히게 될 상황이 눈에 훤히 그려진 순간이다.

❦

불 원소 세상의 아르키스 에이머와, 그의 부하들이 함께 포털을 넘은 직후였다.

'오호, 못 보던 녀석이 있었군. 저놈 때문에 칼리토가 조급해져서, 너를 강제로 끌고 오려고 했던 건가?'

사일러드가 내 눈을 대신하듯, 상황을 바로 파악하며 말했다.

칼리토 앞엔 지저분한 머리카락의 마법사 한 명이 서 있었다.

'그런 것 같은데?'

아스파나다에 오고 나니, 상황이 어떻게 흘러갔는지 대략적으로 짐작됐다.

그 많고 많았던 칼리토의 책들도 상당 부분 소실되었고, 칼리토는 외관으론 멀쩡하지만 어떤 피해라도 받았는지 자세가 상당히 움츠러든 상태다.

"이것들은 뭐야? 칼리토. 네 장난감들인가?"

그러던 중, 드디어 의문의 마법사가 입을 열었다.

"······일루전."

칼리토는 분한 목소리로 그의 이름을 불렀다.

"네가 흡수하기 위해 여기로 부른 건가? 칼리토? 나와 세라스를 확실히 제압하기 위해선 힘을 보충해야 했던 거야?"

일루전은 단순히, 우리가 온 이유가 칼리토가 우릴 흡수해서 힘을 보충하려는 것이라고 착각했다.

"그렇다면······ 흡수할 수 없도록 방해해야겠네?"

그리고 일루전이 우리를 향해 마법을 구현했다.

플레우드처럼, 그의 마법은 내 눈에 아무것도 보이지 않았다.

"끄으윽······!"

그런데 나를 제외하고 불 원소 세상에 있던 아르키스 에이머를 포함한 모든 마법사가 갑자기 머리를 쥐어뜯으며 무릎을 꿇어, 고통을 호소하기 시작했다.

나는 아무런 통증이 느껴지지 않는데 말이다.

"······뭐야, 넌 왜 멀쩡해? 내 마법에 영향을 받지 않는단 건가?"

일루전이 당황하며 나에게 물었다.

나 역시도 이게 어떻게 흘러가는 상황인지 모르기에 답할 수 있는 건 없다.

그런 나를 대신해, 칼리토가 비웃으며 답했다.

"크큭…… 개인 줄 알았는데 키워 보니 늑대였거든. 일루전, 넌 이곳 아스파나다의 서열 1위와 2위를 상대해 본 적이 없지?"

"……."

"그 두 마검사에겐 우리의 마법이 통하지 않아. 난 그 이유를 찾기 위해 내가 세상을 따로 만들고, 생명체까지 만들며 연구했던 거거든. 그런데 공교롭게도…… 저 하얀 녀석이 이곳 아스파나다의 마검사와 똑같은 힘을 내더라고. 그러니 네 마법이 통하지 않는 거지."

'그렇다면 내가 맨몸으로 정령의 마법도 깰 수 있었던 이유가……?'

칼리토의 말 덕분에 나도 모르던, 나의 비밀을 풀 수 있었다.

칼리토가 검사를 만든 이유도 서열 1위, 2위를 힘으로 굴복시키고 아스파나다의 중앙을 차지하기 위한 방법을 찾기 위해서다.

그런데 그가 운영한 여덟 개의 세상 중, 내가 살던 세상만 유일하게 검사가 마법사보다 약한 존재가 되었고.

그것으로 끝이 난 게 아닌, 나는 서로 단절한 세상보단 화합을 우선시하여 검사들과 동맹 관계까지 유치하는 데 성공했다.

그러면서 자연스럽게 생겨난 새로운 부류 마검사.

나는 그 마검사의 영역을 새롭게 깨치면서, 나도 모르는 사이에 아스파나다의 상위 서열자 두 명이 사용하는 힘을 그대로 따라 하게 됐다고 해석해야 했다.

'이거라면…… 가능하겠는데?'

막막하게만 여겨졌던 칼리토를 제압하는 방법.

정령을 제압하면서 희망은 슬쩍 보았지만, 칼리토로 인해 그 희망이 확신으로 변한 순간이다.

난 괴로워하는 불 원소 아르키스 에이머 옆으로 다가가, 그의 어깨에 손을 올렸다.

그가 현재 어떤 마법을 당하는 중인지 파악하기 위해서다.

난 여전히 내 몸 안에 플레우드 버전의 파이지컬을 구현한 상태다.

이 상대로 신체 접촉이 이루어지면, 플레우드로 링킹도 연결된 상태나 다름이 없다.

그대로 링킹을 연결해, 에이머의 상태를 파악했다.

일루전이 사용하는 것은 다름 아닌 환영 마법이란 것도 쉽게 파악이 끝났다.

"에이머, 내 말은 들리지?"

그는 대답은 하지 않고 고개만 힘겹게 끄덕였다.

"그거면 됐어. 내가 일루전의 집중을 방해할게. 그럼 빈틈이 생길 거다. 그때, 리로라이즈를 사용해 줘. 나를 위해서."

아스파나다의 현재 주인은 불 원소의 마검사라고 했다.

따라서 에이머의 불 원소와 내가 가진 힘을 합하면.

아스파나다의 주인과 비슷한 힘을 낼 수 있다는 계산에서 나온 계획이다.

다시 에이머는 힘겹게 고개를 끄덕였다.

이제 더는 기다릴 것이 없다.

난 그렇게 그의 어깨에서 손을 떼고, 사일러드에게 말했다.

'사일러드, 다리를 조금 더 튼튼하게 할 수 있나?'

'차라리 숨을 쉴 수 있냐고 물어라. 그것과 똑같은 난이도니까.'

말이 끝나기 무섭게 사일러드는 늑대의 발로 변한 내 다리를 강화했다.

콰앙─!

그저 강화한 것뿐인데도, 내가 선 자리가 움푹 파이며 작은 웅덩이가 생성되었다.

그 정도로 사일러드는 헌신을 다했단 뜻이다.

'이 정도면 충분한가?'

'충분해.'

그리고 난 곧장 일루전을 향해 돌격했다.

"해초들의 반란. 본막을 열자고."

그저 가뿐하게 뛰어오른 느낌인데, 순간 이동 마법을 사용한 것처럼 한순간에 일루전의 코앞까지 다가간 나.

나와 눈이 마주친 일루전의 눈동자는 커다랗게 변했다.

"그런 성가신 장난은 잠깐 그만두면 어때?"

그리고 날카로운 라이칸의 손톱으로 변한 손을 그의 가슴을 향해 휘둘렀다.

투확―!

살이 찢어지는 소리가 적나라하게 들리면서, 내 볼이 따듯해졌다.

일루전의 가슴에서 뿜어 나오는 핏줄기가 닿으면서 생긴 촉감이다.

"크학……!"

그가 아무리 한 아스파나다의 주인이라고 해도.

마법사가 가진 그 고질병은 존재하는 것으로 보였다.

바로 신체에 대한 고통을 감내하는 방법이 없다.

내 기준으로 보면 그저 살갗만 조금 찢어진 정도의 부상인데, 이 공격 한 번으로 그는 몸을 덜덜 떨었다.

그리고 그 순간.

빈틈이 생긴 불 원소 에이머는 드디어 정신을 차리고, 나를 위해 마법을 구현해 줬다.

화르르륵―!

어차피 플레우드 정령도 없는 상태.

따라서 에이머가 마법을 사용하는 데에 제약은 없다.

내 몸은 순식간에 강렬한 화염으로 뒤덮이며, 불의 화신 그 자체가 된 것처럼 느껴졌다.

"……안 된다!"

그런데 칼리토가 오히려 발작하듯, 소리쳤다.

그의 반응을 이해할 수 없는 것도 아니다.

불 원소와 마검사의 결합.

아스파나다의 주인이 사용하는 것과 상당히 유사한 힘이기에, 이대로 놔둘 수 없다는 위기감의 행동이었다.

칼리토가 나를 노리는 게 아닌, 불 원소 에이머를 노리려고 할 때였다.

난 곧장 달려, 그의 앞에 다가갔다.

"이제 더는 네가 원하는 대로 놀아나지 않을 거다."

우리가 원하는 세상을 손에 넣기 위해 각자 세상에서 했던 노력들.

그는 이곳 아스파나다에서 지켜보며 얼마나 흡족해했을까?

어차피 저렇게 발버둥 쳐도, 끝은 자신에게 흡수당할 운명들의 귀여운 발악이라고 생각했을 거다.

하지만 이제 그런 운명은 없다.

노력이란 이름으로 탈바꿈한 개척만이 남았다.

"가만히 있어."

난 그대로 손톱을 휘둘러, 칼리토의 눈동자를 그었다.

깊숙하게 그어 피가 철철 흐르는 정도가 아닌, 각막만 손상시킬 정도로.

"어억……!"

칼리토의 눈동자에 그어진 선명한 빗금.

이로써 칼리토는 완벽히 시력을 잃게 되었다.

마법사도 결국엔 시력을 잃게 되면 마법의 대상을 찾을 수 없다.

일대일의 상황이라면 마력을 느끼고, 대상의 위치를 대략적으로 파악할 수 있겠지만.

지금처럼 세라스, 일루전, 나.

그리고 불 원소 세상의 마법사들 다수가 모인 곳이라면, 시력을 잃은 칼리토는 그 대상을 절대 찾을 수 없기 때문이다.

칼리토는 이로써 전투 불능에 빠졌다.

그렇기에 우선 제거 대상이 아니다.

난 일루전을 쳐다봤다.

"일단 너부터."

"끄흐흑…… 끄윽…….."

일루전은 피가 철철 흐르는 자신의 가슴을 부여잡으며, 울먹거리는 목소리를 냈다.

죄책감 같은 걸 느낄 필요는 없다.

어쨌든 우리가 이곳 아스파나다의 경계를 허물면, 언젠가는 전부 상대해야 하는 적이기 때문이다.

따라서 지금 숫자 하나 정돈 줄이는 것도 나쁘지 않다고 생각하며, 일루전에게 다시 돌진했다.

푸욱-!

사일러드가 만들어 준 날카로운 손톱은.

그의 가슴을 뚫었다.

"끄억……!"

가슴이 뚫린 일루전은 부들부들 떨면서, 손을 내 얼굴로 향했다.

분명히 무슨 마법을 사용하는 것 같았는데, 나에겐 아무런 증상도 나타나지 않았다.

"편히 쉬어."

그 한마디만 남기고 일루전의 숨통을 완전히 끊었다.

"끼야아아악-!"

그리고 여전히 폭주하는 세라스.

칼리토가 전투 불능 상태로 빠지면서 폭주의 강도는 더욱 거세졌다.

칼리토가 저렇게 만든 장본인이지만, 정작 보이질 않으니 칼리토도 어찌할 수 없는 상태인 것이다.

"에이머, 넌 네 부하들이나 보호해. 내가 알아서 처리하마."

"……부탁한다."

겉으로 보기에도 에이머는 세라스의 마법을 방어할 순 있지만, 그렇다고 반격할 수준은 되지 않는다.

세라스도 엄연히 아스파나다의 한 주인.

칼리토가 인위적으로 만든 생명체에 호각을 이룰 정도로 약한 마법사는 아니란 뜻이다.

세라스는 이제 나를 향해 눈에서 광선을 뿜어냈다.

다가오는 광선을 손톱으로 쳤을 때다.

치이이이익.

광선을 쳐 낼 순 있지만, 그렇다고 아무런 피해가 없는 건 아니다.

손톱에 조금 흠집이 나면서 옅은 연기가 피어올랐다.

그래도 확실한 건, 칼리토의 정령과 비슷하거나 어쩌면 그보다 한 수 정도는 아래에 있을 것 같다는 거다.

즉, 칼리토의 정령을 제압했을 때와 똑같이 하면 된다.

게다가 이성을 잃고 날뛰는 중이니, 마법의 정확도도 정령에 비하면 현저하게 떨어진다.

난 그대로 돌진했다.

내 예상은 정확했다.

세라스와 바짝 붙자, 그녀는 내가 바로 시선 아래에 있는데도 제대로 보질 못하고 있었다.

손톱을 세라스에게 찔러 넣었을 때.

푸욱.

정령을 처리했을 때처럼 부드럽게 들어갔다.

그리고 그 상태로, 정령을 없앴던 방법을 똑같이 재현했다.

이로써 세라스도 그 존재가 사라지게 되었다.

난 이제 시력을 잃은 칼리토에게 향했다.

"으으으……."

그는 주저앉은 채로 손으로 땅바닥만 더듬거렸다.

난 그의 머리를 손으로 쥐었다.

그는 초점이 없는 눈으로 나를 쳐다봤다.

이미 시력을 잃었기에, 그의 눈동자에 생기란 게 있을 리가 없는 황폐한 눈동자다.

"칼리토."

"……아르키스 에이머."

"난 운명을 믿지도 않을뿐더러, 받아들일 생각도 처음부터 없었어."

"내가 있던 자리를 네가 차지한다고 해도 과연 버틸 수 있을까? 어차피 넌 약자의 운명이야."

"운명을 거스를 수 있는 게 노력이거든."

"그 노력은 너만 한 게 아니야. 나도 했거든."

칼리토가 하고 싶은 말은, 자신도 아스파나다의 중앙으로 가기 위해 여덟 개의 세상을 운영하고 그 세상 속에 역경을 부여해 마법의 발전을 이뤘을 정도로 노력했는데도 결과가 좋지 않았으니 내 노력도 그렇게 될 거라는 것이었다.

"아니, 네가 한 것은 노력이 아니라 관망이지."

하지만 정말 칼리토가 한 것이 노력이라고 볼 수 있을까?

여덟 개의 세상을 만든 것이 그의 노력이라고 한다면, 그 세상 속에서 일어난 역경을 헤치며 성장한 것은 그의 노력이 아니다.

각자의 세상 속에서 살고 있는 '우리'가 한 노력이지.

칼리토는 그런 우리를 이곳 아스파나다에서 느긋하게 바라보는 일만 했다.

그러다 자신이 마음에 드는 마법사가 있으면 아스파나다로 불러와 흡수한 게 그가 한 것의 전부이니, 그의 노력이라고 보기가 어려웠다.

"관……망이라……."

"넌 노력하지 않았어. 노력은 '우리'가 했거든."

내가 새로운 세상을 만들면서 강조했던 우리.

그 단어도 지금 칼리토에게 강조했다.

"나 혼자선 할 수 없는 것들이 뭉쳐서 '우리'가 되니까 할 수 있잖아. 이게 노력의 힘이거든. 난 성과가 있으니 노력의 힘을 맹신하는 게 당연하고."

정말로 노력만 있으면 운명을 거스를 수 있다고 생각한다.

그리고 이 생각은 방부제를 듬뿍 바른 것처럼 영원히 변치 않을 가능성이 컸다.

"너무 이상주의적 사고방식을 가진 녀석이군."

칼리토는 나를 비웃었지만, 난 아무렇지도 않았다.

세라스와 일루전까지 없애면서, 내가 가진 힘이 어떤 것인지 깨달았다.

그러면서 느낀 한 가지.

내가 믿고 있는 노력이란 게, 정말 꿈꾸던 것을 이룰 수 있게 해 주는 열쇠라고 생각했다.

"좋을 대로 생각해. 어차피 너랑은 관련 없는 거니까."

난 그 말만 남기고, 칼리토의 가슴으로 손톱을 찔러 넣었다.

단칼에 베는 게 아닌, 일부러 천천히.

주륵.

칼리토의 입에서는 굵은 핏줄기가 터져 나왔다.

"아르키스 에이머. 네가 무슨 생각인 줄은 모르나, 나를 없앤 게 언젠간 독으로 다가올 거야."

이런 상황에서도 그는 협박을 멈추지 않았다.

"괜찮아. 독을 하도 많이 먹어 봐서 이젠 내 몸에 해독제가 흐르는 느낌이니까."

나도 내 세상에 살면서 얼마나 많은 '독'을 삼켰던가.

말 그대로 산전수전 다 겪다 보니 칼리토의 마지막 발악인 협박도 그리 와닿지 않았다.

칼리토의 숨통이 끊어지기 전, 난 그에게 링킹을 연결했다.

아직 행해야 할 일이 하나가 있었다.

바로 내가 살던 세상의 마법사, 검사 들을 이곳 아스파나다로 불러오기 위함이다.

"……내가 만든 놈에게 링킹으로 이용당하다니. 참, 인생 서글프군."

"서글픔은 잠시야. 넌 곧 아무런 감정도 느끼지 않는 인형으로 변할 거니까."

칼리토는 곧 아무런 감정도, 생각도 할 수 없는 시체로 전락하게 된다.

그래서 난 그를 인형이라고 칭한 것이다.

시체로 전락하는 그는 인형과 크게 다를 것이 없으니까.

그리고 칼리토의 숨통이 완전히 끊어지기 전에 난 링킹을 연결해서 내가 살던 세상에 포털을 열기 위해 기억을 추적했다.

아스파나다에서 포털을 여는 법을 파악하기 위해서다.

"에이머."

불 원소의 아르키스 에이머가 나를 불렀다.

어느덧 그는 내가 살던 세상의 제단 앞에 서 있었다.

"무슨 일이지?"

"……네 세상 속 부하들이 꽤 신기한 일을 행하는 중이군."

"신기한 일?"

"응. 내가 보기엔 아무런 의미가 없는 시도 같지만…… 그들의 입장에선 아닌 것 같군."

"무슨 일을 하는 중인데?"

"하늘에 대고 각자 마법을 구현하는 중이야. 하늘을 부수려는 것처럼."

그들은 무슨 생각으로 그런 일을 하게 된 것일까.

정말 상황을 모르는 누군가가 보기엔 할 짓이 없는 것처럼 보이기에 충분했다.

하지만 적어도, 아스파나다에서 보는 내게는 그렇지 않았다.

그들이 모여서 하늘을 향해 마법을 쏘아 대는 것이 꼭, 이 제단이 품은 세상을 스스로 부수고 구멍을 만들어 탈출하려는 것처럼 보였기 때문이다.

'녀석들…… 꽤 기특한 생각을 다 했네.'

아마 저들이 저런 행동을 결정한 이유도 내가 아스파나다로 넘어오기 직전, 내 링킹을 담은 플레우드 눈송이를 봤기 때문일 것이다.

노력은 나만 하는 게 아니다.

내 세상에 있던 나의 부하들과 친구들까지, 그들 모두 스스로 노력이란 걸 하면서, 이 상황을 타개하는 중이다.

난 그들의 노력을 높게 사는 것처럼 칼리토에게 링킹을 연결한 상태로 포털을 열었다.

그러자 내가 살던 세상.

플레우드의 세상에선 거대한 빨간 포털이 모습을 드러냈다.

아직까지 불 원소의 아르키스 에이머의 리로라이즈를 몸에 두른 상태라 그런지 내가 열었는데도 포털의 색이 빨간색이 되었다.

하늘에 구멍이 뚫린 듯이 거대한 포털이 열리자 내가 살던 세상 속의 모두가 포털로 성큼 입장하기 시작했다.

"이제 됐어. 잘 가라."

포털까지 열리고, 부하들이 신속하게 아스파나다로 넘어오는 중이니, 이제 칼리토는 필요 없다.

난 그의 가슴을 찌른 손톱을 돌렸다.

심장을 완전히 터트리기 위한 행동이다.

"쿨럭……."

우리의 창조주는 붉은 피를 토한 다음, 얼마 지나지 않아 초점이 사라졌다.

아스파나다로 넘어온 내 세상의 부하와 친구 가렌트.

그들은 칼리토의 세상을 관찰하듯이 시선으로 쭉 훑었다.

"자, 다들 신기하겠지만. 우리가 바로 해야 할 것이 있어."

칼리토는 이미 죽었지만, 그가 만들어 놓았던 제단과 책장은 사라지지 않고 고스란히 남았다.

이는 칼리토의 마력이 상당히 강력했음을 나타내는 현상이다.

난 책들을 가리키며 말했다.

"저 책들은 이 세상의 주인 칼리토가 만든 기록서야. 그리고 내 계획은 아스파나다의 경계를 허물고, 다섯 명의 주인을 한곳에 모으는 일이지."

서열 5위 칼리토.

6위 세라스, 7위 일루전은 이제 사라졌다.

그렇기에 아스파나다의 주인은 여덟 명이 아닌 다섯 명이 된 상황이다.

"각자 저 책들을 전부 읽어. 세상의 경계를 허물기 전에 이 세상을 확실하게 파악해야 하니까."

실시간으로 만들어진 칼리토의 기록서.

난 그것을 활용하기 위해 명령했다.

아스파나다의 세상을 허물기 전에 이 세상을 자세하게 파악하는 것이 우선이라 생각했다.

그리고 내 예상보다 아스파나다에 모인 사람은 많았다.

불 원소의 아르키스 에이머와 그의 부하들.

그리고 플레우드 세상의 나와 내 친구, 부하들까지.

족히 그 수를 종합하자면 이백 명도 훌쩍 넘는 인원이다.

칼리토는 내게 말한 적이 있다.

혼자서 한 시간에 한 권의 책을 읽는다고 치면 그런 자신이 백 명이 있을 경우, 한 시간에 백 권의 책을 읽게 되는 것이 아니냐고.

지금이 딱 그런 상황이다.

내가 모은 책을 읽지 않아도 이곳에 모인 각자의 세상에서 온 마법사들이 읽어도 난 그것을 링킹으로 확인만 하면, 내가 이백 명이 읽은 책의 내용을 전부 습득하게 되는 것이다.

"모두, 시작."

내 말이 끝나기 무섭게 각자 눈에 잡히는 책을 전부 읽기 시작했다.

그와 동시에 난 플레우드 보주화를 띄운 채로, 그들에게 전부 링킹을 연결했다.

시시각각으로, 그들이 책을 읽으면 책의 내용이 내게 고스란히 전달되게 하기 위함이다.

그렇게 우리는 아스파나다에서 잠도 자지 않으며 몇 날 며칠을 책만 읽었다.

그러면서 중요한 사실을 알게 되었다.

아스파나다의 현 주인이 도전 세 번을 이겨 내면, 절대적인 주인이 된다는 것을.

절대적인 주인이 되면 영생을 얻는다.

이곳 아스파나다의 주인은 그 영생을 차지하기 위해 싸웠던 것이다.

심지어 현 상태에선 이미 두 번을 이겨 냈기에, 앞으로 한 번만 이겨 내면 아스파나다의 절대적인 주인이 결정된다.

세라스와 일루전이 갑자기 들이닥친 게 결코 우연이 아니었다는 뜻이다.

그러던 어느 날.

팔랑.

천장에서 불타는 문서 한 장이 낙엽처럼 떨어졌다.

난 그 문서를 확인했다.

문서에 적힌 내용은 이랬다.

환영한다.

아스파나다의 중앙을 차지한 플로리스라고 한다.

너희는 제 주인인 칼리토를 제압하고 새로운 서열 5위가 되었군?

그런데 특이한 게 있다면, 칼리토의 세상을 차지한 게 '개인'이 아닌 '단체'란 거지.

난 이것을 두고 몇 날 며칠을 고민했다.

내 고민의 이유는 바로 서열 5위의 주인을 누구로 정하느냐다.

그러다 어렵게 결정할 수 있었다.

주인이라는 신분을 특정 개인에게 부여하는 것이 아닌, 너희 전체에게 부여하는 것으로.

즉, 이는 서열 5위는 그곳에 모인 너희들 전부를 칭하는 말이다.

따라서 너희보다 하위 서열자들이 도전하러 갈 때도 특정 누군가에게 승리를 거두는 게 아닌, 그곳에 모인 이백 명 전부를 죽여야만 서열 5위를 차지할 수 있을 거다.

앞으로 잘해 보자고.

과연 너희들이 살아남을 수 있을지, 난 궁금했거든.

너희의 근본은 어쨌건 칼리토가 만든 생명체에 지나지 않으니까.

우리를 도발하려는 의도인지, 아니면 응원하려는 것인지 애매한 내용의 문서다.

그래도 괜찮다.

서열 5위가 누군가에게 국한된 게 아닌, 이곳에 모인 전부가 포함되었으니까.

즉, 우린 뭉치면 살고 흩어지면 죽게 되는 거다.

"에이머."

난 불 원소 에이머를 불렀다.

이제 책의 내용 파악은 끝났기에 우리가 세운 계획을 실천하기 위해서였다.

"응."

"부수자, 아스파나다의 경계를. 마침 서열 5위 신분은 개인에게 부여된 게 아닌, 우리 전부를 칭하는 말이야. 즉, 아스파나다에서 유일하게 우린 공동체가 되었다는 뜻이지."

"과연…… 그게 호재일까?"

에이머는 이 상황이 불러올 효과를 몰랐다.

"당연하지. 세상의 경계를 허물고, 모든 주인이 한곳에 모이게 됐을 때 서열 5위를 탐내는 자가 있어도 개인을 없애야만 찬탈할 수 있는 게 아닌, 우리 전부를 없애야 한다는 거니까. 뭉치면 사는 거지."

"오호, 그렇게 생각하니 호재군."

"그러니까 시작하자, 세상의 경계를 부수는 일. 네 리로라이즈와 내 힘을 이용해서."

"떨릴 정도로 기대되는군."

그렇게 나와 에이머는 칼리토의 세상을 부수고, 아스파나다 전체의 경계를 허무는 일을 시작했다.

화르르륵-!

폭발적인 불줄기가 터지면서, 칼리토의 세상이 녹아내렸다.

난 그런 잔해로 변한 세상을 플레우드 보주화를 이용해 유에서 무로 돌렸다.

칼리토의 세상은 점차 사라지더니 곧 존재하지 않게 되었다.

그러자 우리가 있는 곳이 칼리토의 도서관이 아닌 황야로 변했다.

이제 시작이다.

아스파나다의 주인을 한곳으로 모으는 일.

그리고 그 뒤에 '우리'가 할 일은, 살아남기 위한 '노력'이다.

내 옆에 어느덧 델세르가 다가와 말했다.

"우리는 살아남을 수 있겠죠?"

"당연하지. 노력의 힘은 무궁무진하니까."

"꼭 살아남아야죠."

그런데 델세르에겐 궁극적인 목표가 있는 듯이, 목소리에 자신감이 넘쳤다.

델세르가 보통 이런 목소리를 낼 경우엔 딱 한 가지다.

에타르를 오해해서 복수하려고 학교에 입학한 것처럼, 그녀에게 반드시 이루고자 하는 목표가 있는 것이다.

"살아남은 뒤에 하고 싶은 게 있나 봐?"

내가 슬쩍 떠보듯이 물었다.

"네. 살아남은 다음에 아르키스 님한테 청혼할 거거든요. 제가 아는 아르키스 님의 성격은 모든 게 해결되어야 받아줄 거니까요."

한생한
정주행

"낯간지럽군. 이렇게 훅 들어오니까."

식상한 말이지만, 끝이란 것은 곧 새로운 시작을 의미한다.

델세르에겐 그런 새로운 시작의 기회가 열린 것이다.

그리고 이는 그녀만이 아닌, 이곳에 모인 '우리' 전부도 각자의 새로운 시작이 있는 것이다.

"그래. 그때가 되면 기쁘게 받아 주마."

진심으로 답한 거다.

"바이스, 졸지에 나중엔 네가 내 장인어른이 되겠네?"

"허허, 기분 참 묘하군요."

그렇게 우리는 웃으면서 시작을 알렸다.

거듭 강조하자면.

'우리'는 살아남기 위한 '노력'을 할 것이고, 당당하게 그 결과를 손에 넣을 것이다.

'노력'은 모든 것을 바꾸는 힘이 있다.

우리는 그것을 맹신한다.

화르륵-!

드디어 세상의 경계를 부수는 화염이 일렁였다.

환생한 대마법사의 정주행 마칩니다

작가의 말

안녕하세요, 서상현입니다.

2020년 2월에 시작했던 연재가 드디어 2020년 12월이 되어서 완결을 짓게 되었군요…….

늘 작가의 말을 쓸 때마다 감회가 새롭습니다.

그리고 하는 말은 독자님들께서 뻔하게 느껴질 정도로 식상한 말밖에 나오지 않아요.

'읽어 주신 모든 분에게 감사드립니다.'란 말요.

하지만…… 식상해도 진심으로 그 말밖에 나오지 않습니다.

정말, 읽어 주신 모든 분께 감사드립니다.

〈〈환생한 대마법사의 정주행〉〉의 완결은 제가 처음 계획한 대로 흘러갔고, 그렇게 마무리되었습니다.

완결 후의 이야기를 주인공인 아르키스 에이머와 그의 부하들이 아스파나다에서를 차지하고 독립적인 한 국가를 세우는 형태로도 할 수 있었습니다만, 그것까지는 쓰지 않았습니다.

이유는 사실 간단합니다.

저는 이번 〈〈환생한 대마법사의 정주행〉〉을 쓰면서 노골적으로 전하고자 하는 의도가 있었거든요.

바로 '운명'을 믿지 말자.

'운명'은 없다.

우리는 각자의 인생을 살면서 '노력'하면 설사 정해진 운명이 있다 하더라도 거스를 수 있다는 메시지를 전하고 싶었거든요.

그래서 결말을 열린 형태로 하게 되었습니다.

저희의 앞날에 무엇이 다가올지 모르는 것처럼, 에이머의 상황도 그것과 똑같은 것이라고 생각해서요.

역경도 있을 것이며, 호재도 분명하게 있을 겁니다.

그 과정에서 에이머와 그의 일행은 이제 보이지 않는 곳에서 '노력'하겠죠.

이는 우리네 삶과 마찬가지라고 생각합니다.

코로나 사태로 세계적으로 역경이 다가온 지금 2020년, 그 속에서도 저희는 역경을 이겨 내기 위해 다들 각자의 방법대로 '노력' 중이니까요.

〈〈환생한 대마법사의 정주행〉〉은 2019년에 〈〈튜토리얼로 국보급 헌터〉〉를 완결하고 새로운 연재 소재를 구상하던 중, 막연하게 '아, 마법사물을 쓰고 싶은데……'란 생각으로 시작했던 글입니다.

그러면서 문득 이런 생각이 들었어요.

'단순히 보고 즐기는 것을 넘어 와닿는 메시지를 전달하고 싶은데……'라고요.

사실 제가 뭐 대단한 사람도 아니지만…… 그래도 이왕 즐기면서, 교훈 같은 것도 남길 수 있으면 좋겠다는 생각을 가지게 되었습니다.

이런 생각을 가진 이유가 조금 TMI를 섞게 되는데.

제가 살아온 환경으로부터 깨달은 진리(?)라고 생각했기 때문입니다.

저는 1992년생으로, 2020년 29세입니다.

90년대 후반엔 국가의 아픔, IMF가 있었죠.

아마 읽으시는 독자분들 대다수가 그런 아픔의 시절을 겪은 분들이라고 생각합니다.

90년대 출생까지 그 사회의 아픔을 직접 눈으로 보고 겪은 세대니까요.

IMF의 여파로 당시 저희 집은 살던 빌라에서 나와 4인 가족이 단칸방과 다름없는 집에서 생활했습니다.

바퀴벌레가 우글거리는 곳에서요.

후에 들린 얘기지만, 벌레가 너무 많은 집이라 방역 업체에서도 이런 집은 퇴치 못 한다고 하고 거절할 정도로 열악한 환경이었죠…….

그게 제가 초등학교 2~3학년 시절이에요.

집 앞에는 교도소가 있었죠.

교도소가 앞에 있다는 이유로 집값이 상당히 쌌던 걸로 기억합니다. 그래서 그곳으로 옮긴 것으로 알고 있어요.

건식도 당시엔 20년 이상이 된 건물로 기억합니다.

그 정도로 동네 환경이 상당히 열악했습니다.

하지만 저희 아버지는 그래도 포기하지 않으셨어요.

어떻게든 자식과 어머니를 먹여 살리기 위해 노력을 하셨고, 그렇게 세월이 흘러 지금은 종합토지세를 내는 사람이 되었죠.

그리고 전 그것을 보며 많은 걸 느꼈습니다.

저도 실업계 고졸로, 내신은 최하 등급인 8.2등급으로 졸업했거든요.

대학교 원서도 쓸 수 없을 정도의 성적이었습니다.

학교 동창들은 학창 시절 당시 저를 손가락질하며 늘 이렇게 말했었습니다.

"쟤는 나중에 구두닦이나 해야 해. 공부도 못하는 게."

그 당시까지만 하더라도 구두닦이란 직업은 가난하게 사

는 대명사로 통용되던 말이었으니까요.(절대 비하의 의도는 없습니
다. 당시 그렇게 통용되던 말이었다는 겁니다. 실제로 전 학교 선생님한테도 저
말을 많이 들었거든요.)

그랬던 제가.

시간이 흘러, 29세가 되었을 때.

드문드문 들려오는 친구들의 소식도 들었는데 대다수가
취준생 신분을 벗어나지 못했을 때, 저는 웹소설이란 길을
알게 되고, 이것을 통해 밥벌이도 하고 있는 게 내심 신기했
습니다.

그러면서 생각했죠.

'내가 이렇게 살 수 있는 이유가 뭘까……?'

바로 전 이렇게 살기 위한 '노력'이란 걸 분명하게 했더라
고요.

노력은 배신하지 않는다는 말이 있듯이.

쏟은 노력에 비례해 결과를 얻게 되는 법이더라고요.

그렇다 보니 야심 차게 준비한 연재 글이 잘되지 않더라
도, 전 상심은 하지 않았습니다.

그저, '아, 내 노력이 부족했던 거야.'라며 제 탓을 하고 넘
길 수 있게 되었습니다.

남들 다 노력하는데, 전 그만한 노력을 제대로 하지 않았
으니 비관적인 결과를 받게 된 것이니까요.

그래서 이번 소설에서도 이것을 노골적으로 강조하고 싶

었습니다.

전 운명이란 말을 정말 싫어합니다.

살면서 무언가 원하는 결과를 얻었을 때도 '아, 이게 내 운명인가?'라며 자만하게 되는 말이며, 반대로 결과가 좋지 않을 땐 '난 이렇게 될 운명이었나 봐……'라며 좌절에 빠트리는 말이기 때문이라고 생각해서요.

그래서 에이머가 사실은 칼리토가 만든 인위적인 생명체이고, 후엔 칼리토에게 흡수당할 운명이란 것을 알게 된 후 그 운명으로부터 벗어나기 위해 '노력'을 했고 실제로 그 노력 덕분에 원하는 결과를 얻게 된 것처럼, 독자 여러분들도 여태 살아온, 앞으로 살아갈 날에도 이것과 마찬가지로 노력으로 결과를 바꿀 수 있을 거라는 희망적인 메시지를 남기고 싶었습니다.

독자 여러분들의 앞날도 노력으로 바꾼 호화로운 결과가 기다리길 바라면서…….

전 이만 물러가겠습니다.

끝으로, 반복하자면.

읽어 주신 모든 분께 정말 감사드립니다.

그리고 한 가지를 약속드립니다.

전 바로 다음 연재 스토리를 준비 중에 있는데, 약간의 스포일러를 드립니다.

스포일러를 드리는 이유는 제가 공식적으로 약속을 드린

다고 하였기에, 꼭 그 스토리를 완성하여 다시 찾아뵙겠다는 제 개인적인 목표를 세우려는 겁니다.

약속은 꼭 지켜야 한다는 게 제 신념이라서요, 하하.

그 스토리에는 2019년에 연재했던 《〈튜토리얼로 국보급 헌터〉》의 등장인물들이 다시 등장할 예정입니다.

시즌 2인 듯 시즌 2가 아닌, 시즌 2 같은 그런 느낌이죠.

꼭 2021년이나 2022년 중에 찾아뵐 것을 약속드리며, 지키기 위해 '노력'하겠습니다.

저는 정말 물러가겠습니다.

감사합니다.

서상현 올림

꿈의 도약, 로크에서 하십시오
(주)로크미디어에서 신인 작가를 모십니다

즐거운 세상, 로크미디어는 꿈을 사랑하고 도전을 두려워하지 않는 작가 분들의 참신한 작품을 기다리고 있습니다. 21세기 장르 문학계를 이끌어 갈 차세대 선두 주자 (주)로크미디어에서 여러분의 나래를 활짝 펴 보시길 바랍니다.

모집 분야 판타지와 무협을 포함한 장르 문학
모집 대상 아마추어 작가, 인터넷 작가
모집 기한 수시 모집
작품 접수 시 유의 사항
   1. 파일명은 작가명_작품명.hwp형식을 갖춰 주십시오.
   1. 파일에 들어갈 내용은 다음과 같습니다.
      — 성명(필명인 경우 실명을 밝혀 주세요), 연락처, 이메일 주소
      — 제목, 기획 의도
      — A4용지 1장 분량의 등장인물 소개
      — A4용지 2장 분량의 전체 줄거리
      — 본문
   1. 작품이 인터넷에 연재되고 있다면, 게시판명과 사이트의 구체적이고 정확한 주소를 기재해 주십시오.

선택된 작품은 정식 계약 후 출판물로 간행되어 전국 서점에 유통됩니다.
작가 분은 (주)로크미디어의 전폭적인 지원하에 전속 작가로 활동하시게 됩니다.
※ 자세한 내용은 로크미디어 홈페이지(rokmedia.com)를 참조하세요.

(03920)서울시 마포구 성암로 330 DMC첨단산업센터 3층 318호
(주)로크미디어 편집부 신간 기획 담당자 앞
전화 : 02) 3273-5135
www.rokmedia.com   이메일 : rokmedia@empas.com

활 쓰는 대마법사

한시웅 퓨전 판타지 장편소설

**거침없는 팩트 폭격으로
드래곤조차 눈치 보게 만드는
극강의 꼰대! 아니, 최강의 궁신이 나타났다!**

유일하게 '신'이라 불리는 무인, 궁신 하철혁
자격을 시험받다 우화등선에 실패해
새로운 세상에서 눈을 뜨는데……

내공이 한 줌도 없다?

제로부터 시작하는 이세계 생활에 놀람도 잠시
처음으로 아버지라 느낀 존재가 살해당하고
그 뒤에 모종의 음모가 있음을 알게 되는데!

**이세계에서도 궁신의 신화는 계속된다!
군필도 두 손 두 발 드는 FM 정신으로
안 되는 것도 되게 하라!**

기어코 무대로

공원동 현대 판타지 장편소설

"관심을 받으면 집중이 잘돼요."
사상 최강의 관종(?) 싱어송라이터가 나타났다!

데뷔 직전 사고로 인해 모든 것을 포기한 도원경
삼 년 뒤, 그에게 기적이 일어났다?

사람들의 시선을 받으면 능력이 발현!

너튜브 영상이 대박 나고
서바이벌 오디션 출연 제의까지?

도원경 사전에 더 이상 포기는 없다!
좌절을 딛고, 『기어코 무대로』!